Gustav Pfarrius

Schein und Sein Erzählung aus dem sechzehnten Jahrhundert

Gustav Pfarrius

Schein und Sein Erzählung aus dem sechzehnten Jahrhundert

ISBN/EAN: 9783742813503

Hergestellt in Europa, USA, Kanada, Australien, Japan

Cover: Foto ©Andreas Hilbeck / pixelio.de

Manufactured and distributed by brebook publishing software
(www.brebook.com)

Gustav Pfarrius

Schein und Sein Erzählung aus dem sechzehnten Jahrhundert

Schein und Sein.

Erzählung aus dem sechzehnten Jahrhundert.

Von

Gustav Pfarrius.

Braunschweig,
Druck und Verlag von George Westermann.

1863.

I.

Vor Zeiten führte eine wohlangelegte, viel betretene und befahrene Kunststraße bei Bacharach aus dem schönen Rheinthal hinauf nach den wilden Höhen des Hunsrücks. Ursprünglich von den Römern nach großartigem Plan entworfen und ausgeführt, dann im Lauf barbarischer Jahrhunderte gänzlich in Verfall gerathen, später von den Beherrschern jener Gegenden, den Pfalzgrafen, streckenweise wieder hergestellt, verband sie Deutschland mit Lothringen und Frankreich. Durch einen engen Gebirgseinschnitt, früher das Steger-, jetzt das Blücherthal genannt, zog sie sich neben dem vom Gebirge herabbrausenden Münzbache, oft mit bedeutender Steigerung, hinan bis auf die rauhe Höhe, wo der Hunsrück seinen Anfang nimmt und ein unabsehbares, mit Wald und Heide bewachsenes Hügelland dem freien Blick sich eröffnet. Von hier führte sie über Rhein=böllen und Simmern in fast grader Richtung hinüber in die Tiefe des reichbevölkerten Mosel=gebietes.

Zur Zeit der Heuernte des Jahres 1522, an einem heißen Vormittage bewegte sich auf der ge=nannten Straße ein Fähnlein Sickingen'scher Reiter, vom Rhein kommend, langsam aufwärts, seinen Führer an der Spitze. Letzterem zur Seite ging festen Schrittes ein Mann, der seiner Kleidung nach ein Jäger zu sein schien, ohne jedoch, die schwere Jagdtasche etwa ausgenommen, irgend ein anderes Werkzeug seines Berufes bei sich zu tragen. Sie waren zufällig, von verschiedener Richtung her, im Stegerthal zusammengetroffen und miteinander in ein die Beschwerden des gemeinschaftlichen Weges erleichterndes Gespräch gerathen. Bereits befanden sie sich auf der letzten, über die Gebühr steilen Strecke, die noch zurückgelegt werden mußte, um die Höhe zu gewinnen. Gleichwohl behielten sie den bisherigen Schritt bei, ja der Fußgänger überholte fast den Reiter, als empfände er jetzt einen doppelten Drang zur Eile. Auch unterbrach keine Pause ihre Unterhaltung, die besonders von dem Reiter lebhaft fortgeführt wurde, während der Fußgänger, der von andern Gedanken durchdrungen schien, sich auf kurze Erwiederungen beschränkte.

„Wir werden uns jetzt trennen müssen," sagte der Letztere, als sie auf der Höhe angelangt waren; „dort, wo Ihr neben der Chaussee die große Buche seht, führt mein Weg links ab."

„Wetter und Hagel!" versetzte der Reiter, „Ihr seid besser auf's Bergsteigen eingerichtet als mein Rappe, dem es sauer wird, Euch gleichzubleiben. Eure Knochen scheinen noch einen guten Grad von Elasticität zu besitzen, obgleich Ihr doch auch über die ersten Jugendsprünge sicher hinaus seid."

„Nun, wie viel Jahre gebt Ihr mir?"

Lächelnd sah ihn der Reiter an und sagte: „Einundfünfzig und etliche Monate."

„Ihr trefft gut!" gab der Andere zur Antwort, sichtlich frappirt über die richtige Angabe seines Alters, jedoch ohne eine weitere Bemerkung darüber zu machen. — „Somit lebt denn wohl! glückliche Reise!" Mit diesen Worten wollte er links abbiegen, als ihm der Reiter nachrief: „Adieu, Sabellicus!"

Da kehrte er wieder um, trat dicht vor den Reiter hin, faßte dessen Hand, schüttelte sie kräftig, indem er ihm scharf in's Auge sah, und sagte nachdrucksvoll, aber gedämpften Tones: „Geleite Dich Gott, Siderokrates!"

Ohne eine Erwiederung abzuwarten oder noch ein Wort hinzuzufügen, bog er sodann seitwärts nach dem linksab in den Wald führenden Fußpfad, auf welchem er bald im Schatten des Gebüsches verschwand. —

Die Schaar der Berittenen zog in der heißen Sonnengluth auf der bestäubten Landstraße weiter, die in grader, weit übersehbarer Linie über die Hochebene sich vor ihnen hindehnte.

Wir folgen dem Wanderer auf seinem weichen, über Moos und Heidekraut abwärts führenden Pfad durch's kühle, erquickende Dunkel des Gehölzes.

Von Herzen froh schien er, daß er sich allein wußte; beflügelt waren seine Schritte; je weiter sein Weg ihn abwärts führte, desto mehr erheiterte sich sein düsteres, wettergebräuntes Antlitz; die fast unheimliche Gluth seines dunkeln Auges wich einem milden Strahle, der aus einer tief, aber freudig bewegten Seele hervorbrach.

Es war das Guldenbacher Thal, dem er zueilte, das, ein schmaler, von waldigen Höhen bekränzter, vom Guldenbach durchrauschter Wiesengrund, alsbald durch einzelne Waldlücken seinem sehnsüchtigen Blick sich zeigte und, sobald er unter den letzten Aesten des Gehölzes hervortrat, in unbeschreiblicher Anmuth vor seinen Tritten sich hindehnte. Der Bach, der von den Goldkörnern, die er mit sich führt, seinen Namen erhalten haben soll, entspringt auf dem einige Stunden oberhalb gelegenen großen rauhen Bergrücken, die Weseler Strut genannt, von wo er, aus mehreren Quellen zusammenrinnend, seinen Weg über kahle Steppen nimmt, bis er durch jähe Schluchten in die liebliche Niederung herabgelangt. Hier, auf beiden Seiten von Wiesen fast ununterbrochen umgeben, von Erlen und Weiden dicht umsäumt und überschattet, plätschert er über Kiesel und Wacken dahin, nur selten dem Auge, stets aber dem Ohre vernehmbar, wie ein lockender Führer durch die sanften Windungen des Thales.

Als unser Wanderer ihm näher gekommen war und sein Rauschen hörte, blieb er lange stehen und lauschte in freudiger Spannung. Dann, sich umsehend, ob Niemand ihn beobachte, trat er unter die Erlen dicht heran an das sprudelnde Wasser, bückte sich nieder, schöpfte mit beiden Händen und trank davon und wusch damit sein Antlitz. Er that dies mit einer Innigkeit, mit einer Hingebung, ja Andacht, als vollzöge er eine jener feierlichen Ceremonien, einen jener Weiheacte, womit die

Hauptübergänge unseres Lebens begleitet zu werden pflegen.

Als er aus dem Schatten wieder hervortrat auf die lachende, duftige Wiese, schien sein ganzes Wesen umgewandelt; erfrischt und gestärkt, ja wie an Leib und Seele gereinigt und erquickt, setzte er die unterbrochene Wanderung mit fast jugendlichem Eifer thaleinwärts fort und befand sich bald vor der ersten der zahlreichen Mühlen, die von jetzt an den durch Zuflüsse verstärkten Bach sich dienstbar machen allenthalben, wo ein mächtiger Sturz desselben dazu auffordert, und das sonst so stille, von der Welt abgeschlossene Thal beleben.

Die Mühle mit ihrem Zubehör war von einem für jene Zeit und Gegend nicht unansehnlichen Umfang. Vor dem zweistöckigen Hauptgebäude lag ein Hof mit Stallung, Schoppen und Scheune; auch fehlte nicht ein umzäunter Garten, der vom Weg bis an den Bach sich erstreckte. Doch das Ganze trug das Gepräge des Verfalls und der Verkommenheit.

Der Wanderer näherte sich langsamen Schrittes,

ging durch den Hof bis zur Thür des Hauses, nach allen Seiten spähend, doch ohne Jemanden zu sehen oder irgend ein Geräusch zu vernehmen außer dem Geklapper der Mühle. Als er nun auch auf sein Klopfen und Hollahruf keine Antwort erhielt, trat er ein in das Haus durch die angelehnte Thür und befand sich auf einer Flur vor dem schnurrenden, klappernden Mühlenwerk zwischen weißbestäubten Säcken und allerlei Mahl= und Müllergeräthschaft, doch ohne auch hier irgend einen Menschen zu ent= decken. Da schritt er als ein über die örtlichen Ver= hältnisse des Hauses völlig Orientirter an dem rechts gelegenen Wohnzimmer vorbei auf schmalem Gang in einen dunkeln Hintergrund, wo er über eine noch dunklere Treppe in den zweiten Stock gelangte, leise eine Thür öffnete und nun in ein helles, freund= liches Zimmer trat.

Hier saß in einem Lehnstuhl neben dem Fenster eine alte Frau, die gefalteten Hände im Schoß, halb schlafend, halb wachend, ohne den Eintretenden zu bemerken.

Langsam und als zitterten seine Knice vor inne=
rer Bewegung, ging dieser zu ihr hin, ließ sich auf
ein Knie vor ihr nieder und zog mit dem leisen
Ausruf: Mutter! ihre Hand an seine Lippen.

Erschrocken fuhr sie empor, blickte dem Knieenden
scharf in's Antlitz, stieß ihn dann mit beiden Hän=
den gewaltsam von sich zurück und rief, Grauen und
Entsetzen in Ton und Miene: „Fort, fort, Ver=
ruchter, ich habe keinen Theil an Dir!" Dabei
schlug sie mehrere Mal ein Kreuz, schob einen Tisch
zwischen sich und ihn, stützte sich darauf mit beiden
Armen und senkte, um nichts zu sehen, das Haupt
in ihre Hände.

„Mutter," sagte der Fremde` mit möglichster
Ruhe und Fassung, „stoße mich nicht zurück! Siehe,
ich kehre zu Dir heim mit der Liebe zu Dir, wo=
mit ich einst von dannen ging! Dein Haar ist
unterdessen grau, Dein Antlitz voll Falten geworden,
aber Dein Herz — o, täusche Dich nicht! — ist
geblieben, was es einst war, ein treues Mutterherz!"

Sie blieb unbeweglich. Nach einer Pause fuhr

er fort: „Ich ahnte, ja ich weiß, was Dich verhär=
tet gegen mich; die Krankheit, die die Welt durch=
wüthet und die Sinne der Menschen verdunkelt, hat
auch Deine gesunde Natur ergriffen; aber, deß bin
ich gewiß, Du wirst sie überwinden; die Liebe zu
Deinem Sohne hilft sie Dir bekämpfen. O, entreiße
Dich dem Aberwitz und folge der Stimme Deines
Herzens! — Mutter, vergib mir, wenn ich Dich
betrübt habe! Die Wege, die ich wandelte, waren
nicht ohne Irrthum und Fehler; sie führten mich
weit umher auf Erden, durch Freud' und Leid,
durch Kampf und Verfolgung; aber sie waren nicht
die Wege der Verruchtheit. Siehe, ich bin müde
und suche Ruhe und kehre heim zu Dir als meinem
Schutz und meiner Zuflucht; Du bist es ja, die
mich kennt; wären auch Alle wider mich, Du stän=
dest zu mir wie mein guter Engel!"

Bei dem letzten dieser Worte fuhr sie heftig zu=
sammen. „Dein guter Engel," rief sie wie zer=
knirscht, „weint um Dich, wie ich, Deine Mutter!"
und ein Strom heißer Thränen floß über ihr Antlitz.

„Mutter," fuhr er fort, in weichem, flehendem Tone, „die Lüge der Menschen steht zwischen Dir und mir; hauche sie weg mit dem Hauch Deiner Liebe! Trockne die Thränen und sieh' mich an und sage, ob ich ein Anderer bin, als der ich war? Hast Du jemals ein falsches Wort von diesen Lippen vernommen? Hörst Du nicht mehr in dieser Stimme wie sonst den Ton der Treue und Wahrheit? Mutter, gedenke des Glücks längst vergangener Tage, gedenke jener Zeit, da Du mich wiegtest auf Deinen Knieen! — Nein, nein, Du stößest mich nicht von Dir!"

„O Gott, stehe mir bei in dieser Stunde!" rief sie da, die Hände ringend wie in Verzweiflung. Dann, als hätte sie Fassung gewonnen nach heftigem Kampfe, richtete sie sich auf von ihrem Sitze.

Nicht den Eindruck einer gewöhnlichen Müllersfrau machte die hohe, fast schlanke Gestalt der hochbejahrten Dame, wie sie dastand; das Alter hatte zwar ihr Haar gebleicht, aber ihren Rücken noch nicht gebogen; die regelmäßigen Züge ihres Gesichtes, der feine Mund, die erhabene Stirn ließen auch jetzt noch die Spuren ehemaliger Schönheit nicht verkennen. Lange ruhte forschend ihr sanftes Auge auf dem in kindlicher Hingebung vor ihr stehenden Manne.

„Georg," sagte sie dann, alle Kräfte zusammen= nehmend, „was willst Du hier? was suchst Du bei mir? Du bedarfst ja meiner nicht! — Du bist ja auch nicht gesonnen, mich zu ängstigen; —, Du willst ja auch nicht bei mir weilen; — drum ver= laß mich und gehe weiter!"

„Mutter, ich bedarf Deiner Liebe; ich werde Dich nicht ängstigen; ich will bei Dir bleiben."

„Du willst bei mir bleiben, Georg?" unter= brach sie ihn hastig und ein Strahl freudiger Hoff= nung leuchtete plötzlich aus ihrem Auge; „hier willst Du bleiben und nicht mehr wieder gehen? — O Gott, der Du die Gnade selber bist, gib mir Kraft und segne mein Beginnen!" rief sie mit be= bender Stimme und reichte ihm zitternd ihre Hand.

Stumm preßte er sie an seine Lippen. Doch sie

entzog ihm die Hand wieder und trat einen Schritt zurück. „Spiele nicht mit meinen Gefühlen!" sagte sie mit fester Stimme; „noch liegt der Abgrund zwischen Dir und mir; — gönne mir Zeit! Gott wird mir helfen!"

In diesem Augenblick hörte man Jemanden auf der Treppe.

„Ich heiße Berthold," flüsterte er schnell, „bin Pfalz-Simmern'scher Förster und Bergprobirer, hierher gesandt, die Waldungen und Erze der Gegend zu untersuchen."

Es pochte an die Thür. Ein Mönch trat herein, den das weiße Kleid, der schwarze Mantel und die schwarze, spitze Kapuze als einen Dominicaner erkennen ließen. Nach leichter Begrüßung der Dame ließ er sich nieder, als wohlbekannter Hausfreund, den anwesenden Fremden aber maß er mit durchdringendem, etwas verwundertem Blick von oben bis unten.

„Von Pfalz-Simmern gesandt, die Forsten und Erze der Gegend zu untersuchen," sagte die Dame, bemüht, ihre Verlegenheit zu verbergen.

„Eure Beglaubigung?" fragte der Mönch den Fremden mit der Miene eines Polizeiofficianten.

Dieser zog ein Papier hervor und überreichte es ihm.

Nachdem er einen Blick hineingeworfen, gab er es zurück und sagte, zur Dame gerichtet: „Wohl liegen Schätze in dieser Gegend; aber sie zu heben, ist es mit einem Pfalz-Simmern'schen Jägermeister nicht gedient. Ihr heißt Berthold," wandte er sich dann an den Fremden; „wo gedenkt Ihr während Eures Geschäftes Euren Aufenthalt zu nehmen?"

„Ich habe mit Frau Adelheid wegen Kost und Herberge ein Abkommen getroffen," gab dieser zur Antwort.

Die Dame schien durch diese Aeußerung betroffen und verlegen, machte aber keine Einwendung.

Der Dominicaner gab durch ein Kopfnicken seine Zustimmung zu verstehen.

„Ich bin heute eilig, Frau Adelheid," sagte er dann,' sich erhebend. „Es war mir eigentlich nur um einen frischen Trunk Wasser zu thun, den ich ohne Zweifel hier finde." Damit setzte er den in einer Ecke des Zimmers stehenden steinernen Krug an den Mund, ohne nach dem Glase, das nicht zur Hand war, sich umzusehen.

„Wollt Ihr mich nicht eine kurze Strecke begleiten?" wandte er sich darauf an den Fremden.

„Stehe zu Euren Diensten, ehrwürdiger Herr," erwiederte dieser. Beide empfahlen sich und verließen das Zimmer.

Frau Adelheid — wie auch wir die alte Dame von jetzt an nennen werden — blieb lange unbeweglich sitzen, beklommen und in tiefes Nachdenken versunken. Dann allmälig schwanden die Wolken von ihrer Stirn; sie erhob sich und öffnete das Fenster, welches in den Theil des Gartens ging, der hinter der Mühle lag. „Agnes," rief sie einem mit Wäsche beschäftigten jungen Mädchen zu, „sich' nach der Küche und komme eilends herauf!"

Das Mädchen erschien alsbald. Sie ging mit ihm nach einem auf der andern Seite des Hauses gelegenen Zimmer und ertheilte Anweisung, dasselbe für einen Gast möglichst bequem und vollständig einzurichten.

Unterdessen war die Mittagstunde herangekommen und mit ihr die Haupteinwohnerschaft der Mühle vom Heumachen heimgekehrt. In Hof, Stall und Scheune, sowie in dem untern Stock des Wohnhauses ward es lebhaft. Dagegen der Theil, den Frau Adelheid inne hatte, blieb unberührt und stille. — Auch der Fremde kehrte nach Verlauf einer kleinen Stunde zurück.

„Du bist heiß und müde, Georg," sagte sie zu ihm im Tone mütterlicher Theilnahme. „Richte Dich drüben ein und mache Dir's bequem; Agnes wird Dir eine Erquickung heraufbringen."

Er dankte mit einem sprechenden Blick und begab sich in das ihm angewiesene Zimmer. —

Das Guldenbacher Thal mit seiner Fortsetzung bis zum Städtchen Stromberg, wo es allmälig den Uebergang vom Hunsrück zum Nahegau bildet, gehörte in den Zeiten, in welche wir uns zu versetzen haben, zu den Besitzungen der rheinischen

Pfalzgrafen. Die Theilung dieses Fürsten=
geschlechts in verschiedene Linien hatte auch eine
Theilung ihres Länderbesitzes zur Folge. Stadt und
Veste Stromberg nebst dem von ihr benannten Ober=
amte waren zwischen der pfalzgräflichen Kur und
ihrer Nebenlinie Pfalz=Simmern getheilt, welcher letz=
tern der größere Theil des Hunsrücks angehörte und
die damals unter Pfalzgraf Johann II., regie=
rendem Herzog von Simmern, sich eines besondern
Aufschwungs erfreute. Ein Theil des Guldenbacher
Thals mit jener in unserer Erzählung hervorgehobenen
Mühle lag in seinem Gebiet. Doch die letztere war
ein sogenanntes Freigut und im Besitz der Fuste
oder Fauste von Stromberg, die in frühern
Zeiten als Burgmänner der Veste sich hervorgethan,
jetzt, nachdem die Form der Verwaltung sich geän=
dert hatte, mit Unterbrechung die Stelle von Amt=
männern bekleideten und in der Gegend reich be=
gütert waren. Die Mühle nebst den dazu gehörigen
Ländereien war in Erbpacht gegeben und seit vielen
Jahren in der Familie Stumpf, die eben so Frau

Adelheid wie die ihr zur Stütze dienende Agnes zu ihren Mitgliedern zählte, von Vater auf Sohn übergegangen.

Es bedarf kaum der Erwähnung, daß der nach unserer Mittheilung unter dem Namen Berthold und dem Titel eines Pfalz=Simmern'schen Försters und Bergprobirers in der Mühle beherbergte Wanderer kein Fremdling war im Thale des Guldenbachs. Er war darin geboren, er hatte es jetzt begrüßt als die lang von ihm verlassene Heimath, als das verlorene und wieder gefundene Paradies seiner Jugend. Vierundzwanzig Jahre waren verflossen, seit er ihm Lebewohl gesagt. Auch durfte er voraussetzen, daß er, Eine ausgenommen, allen Bewohnern der Mühle unbekannt war, und diese Eine, seine Mutter, hatte er während der genannten Zeit nur ein einziges Mal auf kurze Stunden gesehen. Die Wege, die er unterdessen gewandelt war, der Ruf, der sich um ihn verbreitet hatte, die Zwecke, die ihn hierher zurückführten, legten ihm den Zwang auf, zu sorgen, daß er Allen außer der Mut=

ter auch unbekannt bliebe. Das hatte in jenen Zeiten politischer und kirchlicher Gährung, in jener Periode der Unordnung, Verwirrung und Zerfahrenheit, wo das Alte zerrüttet, das Neue noch nicht aufgebaut war, keine allzugroße Schwierigkeit, wenn nicht etwa ein unvorhergesehener Zufall ihm tückisch in den Weg trat. Für Begegnungen, wie die mit dem Dominicaner, war er hinlänglich gerüstet, ja er hatte einen besondern Grund, grade von dieser Persönlichkeit eine Störung nicht zu fürchten. Dennoch mußte das Examen, welchem er bei der ersten Begrüßung seiner Mutter von dem scharfsinnigen Mönch unterworfen wurde, etwas Peinliches für ihn haben, weshalb er auch der Aufforderung des Inquisitors, ihn zu begleiten, gern Folge gab, so sehr er in diesem Augenblick der Ruhe und Erholung bedurfte.

„Ihr seid nicht das, wofür Ihr Euch ausgebt!" fuhr der Dominicaner ihn an, sobald sie Beide allein über die frisch gemähten Wiesen dahinschritten.

„Und Ihr gebt Euch nicht aus für das, was

Ihr seid!" entgegnete Berthold, welchen Namen auch wir ihm einstweilen zugestehen.

Die Betroffenheit in der Miene des vielvermögenden gefürchteten Mönchs verrieth, daß er eine solche Antwort am wenigsten erwartet hatte. Doch faßte er sich schnell und fuhr im Tone ruhiger Ueberlegenheit fort: „Ihr vergeßt, Freund, daß ich nicht Euch, sondern daß Ihr hier mir Rede zu stehen habt. Ich habe Gründe, anzunehmen, daß die Angaben über Eure Person falsch sind."

„Und diese Gründe wären?"

„Ihr seid als Gast von einer Frau aufgenommen worden, die seit vielen Jahren von der Welt und allem Verkehr mit ihr völlig abgeschlossen lebt; sie hat Euch auf unbestimmte Zeit Herberge unter ihrem Dache zugestanden, während sie Keinem außer ihren Hausgenossen und etwa einem Diener der Kirche Zutritt bei sich gestattet. Ich frage Euch, in welcher Beziehung steht Ihr zu Frau Adelheid?"

„Ich bin ein Genosse und Bote ihres Sohnes," gab Berthold zur Antwort.

„Ihres Sohnes?" wiederholte der Dominicaner, sich bekreuzigend und bemüht, den eigentlichen Eindruck, den dies Wort auf ihn machte, zu verbergen. „Wißt Ihr auch, daß dies Geständniß sie und Euch zu Grunde richtet?"

„Ich weiß," antwortete Berthold mit festem Ton, „vor wem ich es ablege."

„Ihr legt es ab vor Dem, der in diese Landschaft gesandt ist, der Herrschaft des Widersachers zu begegnen und seine Diener dem Gericht zu überweisen."

„Ich lege es ab vor Pater Bruno, der im Schutze seines Ordens den Wahn des Jahrhunderts bekämpft und der Bosheit ihr Ziel entrückt."

„Und wer brachte Euch zu dieser Meinung, wenn ich sie recht verstehe?"

„Der, dessen Genossen ich mich nenne, der Euch längst kennt, ohne Euch je begegnet zu sein, der auch wußte, daß Ihr hier wäret, ehe er mich hierher entlassen."

Auf diese Eröffnung folgte eine lange Pause. In sich gekehrt, nachdenkend, wie mit sich selbst im Kampfe, verharrte der Dominicaner in tiefem Schweigen. Oefter sah er seinen Begleiter zweifelnd an, neue Fragen schwebten auf seinen Lippen, die er aber unterdrückte; endlich, wie mit sich in's Reine gekommen, ergriff er, stehen bleibend, dessen Hand.

„Seltsamer, räthselhafter Mensch!" sagte er innerlich bewegt; „der Worte sind genug! Kehrt zurück in Eure Herberge! Ich verstehe nicht, was Ihr hier sucht, — was Ihr seid, verstehe ich halb; meine Wege werdet Ihr nicht durchkreuzen; auf den Eurigen sollt Ihr unbehelligt bleiben! — Auf Wiedersehen!"

So schieden sie voneinander.

Berthold hatte, wie bereits erzählt, bei seiner Rückkehr in der Mühle die Mutter so getroffen, wie er es einstweilen nur irgend hoffen durfte. Mit dem Gefühl geistigen und körperlichen Behagens betrat er das für ihn eingerichtete Zimmer. Nach einsam eingenommenem Mittagsmahle gab er sich einer süßen, lang entbehrten Ruhe hin; tausend schöne Erinnerungen aus längst verschwundenen Tagen umgaukelten seine Seele, bis er in Schlummer sank, aus dem er erst wieder erwachte, als die Erlen am Bache schon weithin ihre Schatten über die Wiese warfen.

Agnes trat nach leisem Anklopfen schüchtern herein.

„Die Base Adelheid," sagte sie, „hat mich schon öfters hierher geschickt, zu sehen, ob Ihr noch schliefet."

„Woher weißt Du denn, daß ich schlief?" fragte Berthold, indem sein Auge mit Wohlgefallen auf dem blühenden jungen Mädchen ruhte, in dessen frischem Antlitz mit dem klaren Blick aus dem blauen Auge er ihm wohlbekannte Familienzüge zu finden glaubte.

„Ei, seht Ihr denn nicht, daß der Tisch aufgeräumt ist?" gab sie unbefangen zur Antwort; „das that ich, aber ganz leise, um Euch nicht zu wecken, und erzählte der Großmuhme, daß Ihr schlie=

set so fest, als wäre es um Mitternacht, worüber
sie sich freute. — Ich soll aber auch von jetzt an,
sagte sie, mein Bett auf ihrem Zimmer zurecht
machen, um neben ihr zu schlafen. Sie will es,
glaube ich, weil sie nicht mehr gern allein hier oben
schlafen mag."

„Fürchtet sie sich denn vor mir?" fragte Berthold.

„O nein, das glaube ich nicht," antwortete das
Mädchen, ihn zutraulich von der Seite anblickend.
Dann fuhr sie fort in etwas leiserem Ton: „Sie
hat aber einen Sohn, der steht — das weiß ja
alle Welt — der steht im Bunde mit dem Teufel
— hierbei bekreuzte sie sich — der kann durch die
Luft fahren, wohin er will, und ist jetzt in Spanien, wo er die Königin bezaubert hat. Heute
waren wieder die beiden Franciscaner da, Pater
Vincenz und Pater Gordian, die erzählen der Großmuhme Alles. Wenn sie dann fort sind, weint sie
und fürchtet sich. — Ich wollte, sie kämen lieber gar
nicht mehr!"

„Auch heute, sagst Du, wären sie schon dagewesen?"

„Ja, heute Morgen, ehe Ihr in die Mühle
kamt. Seitdem ist sie noch einmal so traurig, denn
Pater Vincenz zeigte Ihr einen Brief, wie ich da=
bei stand, der aus Spanien gekommen wäre, und
las ihr daraus vor."

„Du hast gehört, was er ihr vorlas?"

„Ja," fuhr sie zögernd fort — „ich will es
Euch sagen, damit Ihr wißt, warum sie sich fürch=
tet — er las deutlich: Johann Georg Faust, ge=
nannt Sabellicus, hat die vierte Todsünde began=
gen und seine Zeit ist nunmehr abgelaufen."

Berthold brach die Unterhaltung über diesen
Gegenstand ab durch die Frage: „Besucht auch Rit=
ter Dieter Faust zuweilen die Mühle?"

„Nur selten," antwortete das Mädchen; „er ist
jetzt in den Krieg gezogen. Wenn er aber kommt,
ist er immer sehr freundlich gegen die Base Adel=
heid und tröstet sie, denn sie ist ja seine Stiefgroß=
mutter."

„Gehe hinüber und frage sie, ob ich sie jetzt be=
suchen könnte."

Agnes ging, brachte eine bejahende Antwort zu=
rück und wollte sich dann entfernen.

„Bleibe, Kind," sagte Berthold; „ich wünsche,
daß Du mich zur Base begleitest."

Agnes folgte und zusammen gingen Beide hin=
über.

„Ich komme, Euch zu danken, Frau Adelheid,
für Eure gute Fürsorge; ich bringe Eure Nichte
mit, daß sie mir bezeuge, wie ich mich in jeder
Weise erquickt und gestärkt habe," sprach der be=
sorgte Sohn zur besorgteren Mutter mit möglichster
Unbefangenheit und absichtlicher Hinzuziehung einer
dritten Person, der arglosen Agnes, um Gemüths=
bewegungen zu verhüten und durch langsamern
Uebergang der Mutter die Scheu vor ihm zu be=
nehmen. Auch wollte er ihr auf diese Weise die
Form des Benehmens und der Sprache beibringen,
in welcher er bei Anwesenheit Dritter mit ihr zu
verkehren genöthigt war.

„Die Zeit wird mir, denke ich, während meines
hiesigen Aufenthaltes nicht lang werden," fuhr er

·n gleichem Tone fort, aber sie zögerte mit einer Antwort. „Die Forsten sind weitläufig und das Aufspüren der Erzlager im Gebirge hat seine Schwierigkeit; das läßt sich so schnell nicht abthun. Der Herzog ist gesonnen, die Sache einmal ernstlich in Angriff nehmen zu lassen und dabei keine Kosten zu scheuen. Doch wird mir auch zu anderer Beschäftigung noch ein Stündchen übrig bleiben. Ich sehe, die Mühle hier ist auch nicht mehr im besten Zustande; das Fundament des Wasserrades hat sich gesenkt, so geht die Hauptkraft des Baches verloren. Bei dem nothwendigen Neubau würde ich vorschlagen, das Rad oberschlächtig einzurichten, statt unterschlächtig, wie es bisher war, und dabei gern behilflich sein. Es wird dann auch bei schwachem Wasser, wie es in trocknen Jahren vorkommt, die Mühle nicht stillstehen. Jedenfalls läßt sich bei dem starken Gefälle leicht diese Einrichtung treffen."

„Sprecht einmal darüber mit meinem Neffen," brach jetzt Frau Adelheid ihr Schweigen, unvermerkt in das Interesse für den Gegenstand hinein-

gezogen. Der helle Verstand und rege Sinn für's
Praktische, der ihr von Kind auf eigen war, hatte
sie auch im hohen Alter nicht verlassen. Mit Betrübniß hatte sie wahrgenommen, wie seit längerer
Zeit Alles um sie her mehr und mehr in Verfall
gerieth und besonders, daß das Mühlenwerk so oft
stockte. Aber der zeitige Müller, ihr Neffe, Andreas
Stumpf, Agnesens Vater, hatte bei allem Fleiß und
sonst reblichem Willen gegen Neuerungen eine tief
eingewurzelte Abneigung, auch glaubte er, daß ihm
die Geldmittel zu dergleichen nicht zu Gebot ständen.

„Besitzt Euer Neffe das Recht zu durchgreifen-
den Veränderungen," fragte Berthold, „oder wird
er darin beschränkt durch den Herrn des Freiguts?"

„Der" — antwortete sie, jetzt völlig und wie
geflissentlich in den angeschlagenen Ton eingehend
— „läßt ihn schalten nach Herzenslust. Der Sohn
meines Stiefsohns, Herr Berthold," fuhr sie mit
Nachdruck fort, „Junker Dieter Faust von Stromberg, kümmert sich nicht um die verlassene Wittwe
seines Großvaters, noch weniger um deren Sipp-

schaft. Er läßt die Güter seines Hauses verkom=
men, besucht Reichstage im Gefolge der Großen
und zieht von Fehde zu Fehde. Gegen Trier geht
er jetzt mit Sickingen und dessen Kampfgesellen."

„Base, aber als er das letzte Mal hier war
und die schönen Sachen von Worms mitbrachte,
hat er tüchtig mit dem Vater gescholten, daß die
Eichen auf dem Canterich nicht gefällt worden
wären," fiel jetzt Agnes ein, die bisher still und
aufmerksam zugehört hatte.

Bei dem Worte „Canterich" fuhr Frau Abel=
heid zusammen; sie fuhr mit der Hand nach dem
Herzen, als wollte sie dessen heftige Schläge hem=
men, und in ihrem Blick lag jenes Grauen, womit
sie den Ankömmling bei seinem ersten Erscheinen
von sich gestoßen.

„Base, was ist Euch?" rief Agnes, erschrocken
ihr beispringend; „ich will frisches Wasser holen."

„Bleibe! im Namen des Allmächtigen, bleibe!"
versetzte sie, convulsivisch die Hand des Mädchens

faffend. „Es wird vorübergehen," fagte fie dann ruhiger und fenkte ihren Blick zu Boden.

Berthold ftand da erfchüttert, vom tiefften Mitleid durchbebt. Der Tag war grade im Begriff zu weichen; Agnes bewegte fich in den durch's Fenfter bringenden goldenen Strahlen der untergehenden Sonne eifrig um die Großmuhme hin und her, ihr behilflich zu fein und den Eindruck ihres Benehmens in den Augen des fremden Mannes zu mildern, ohne zu ahnen, was in den Herzen Beider vorging. Sie machte fich zwar heimlich Vorwürfe, daß ihren Lippen unbedachtfamer Weife der Name Canterich entfchlüpft war, denn fie wußte wohl, daß diefes Gebirge für die Bafe ftets ein Ort des Grauens gewefen; dort war es ja, wie unter den Bewohnern der Gegend feftftand, wo in einem zum Freigut gehörigen Eichwald der Sohn der Frau Adelheid dem Teufel zum erften Male begegnete. Aber fie wußte nicht, daß Letzterer von gewichtiger Seite eröffnet worden war, dort werde ihn nach abgelaufener Zeit der Teufel auch abholen.

Gleichwohl maß sie ihre plötzliche Aufregung der
heute in ihr ganz besonders hervortretenden Furcht
bei.

„Base," sagte sie daher gutmüthig und mit
möglichst heiterer Geberde das ihr peinliche Stillschweigen unterbrechend, „heute brauchen wir uns
nicht zu fürchten, denn Herr Berthold schläft ja
hier, der uns gewiß beschützt, wenn uns was zu-
stoßen will."

Da trat Berthold, auf's Tiefste ergriffen, zu
Agnes, die im Licht der scheidenden Sonne mild
und lieblich wie ein Engel der Versöhnung zwischen
ihm und der Mutter stand, faßte deren Hand und
sagte im Tone ruhiger, aber fast überwältigender
Ueberzeugung: „So gewiß dort die Sonne jetzt den
Tag mitnimmt und morgen ihn wiederbringt, so
gewiß wird es auch im Herzen der Base wieder
Tag werden und ihre Furcht und ihre Trauer
schwinden!"

Agnes sah ihn voll Vertrauen an, dann richtete
sie wieder, freundlich bittend, ihren Blick zur Base.

Diese aber athmete auf, ihre Miene wurde sanft, ihre Bedrängniß schien vorüber.

„Bleibe Du hier, Agnes," sagte Berthold, zum frühern Ton der Unterhaltung zurückkehrend, „ich gehe hinunter zu Deinem Vater; wir wollen besprechen, wie der Mühle zu helfen ist. Für heute gute Nacht!"

So verließ er das Zimmer.

II.

Die Fehde, welche dem mächtigen Ritter Franz von Sickingen und der Sache, wofür er kämpfte, den Untergang brachte, begann mit seinem Zuge gegen den Erzbischof Greifenklau von Trier. Sie stand im innigsten Zusammenhang mit den weltgeschichtlichen Fragen, wovon jene Zeit bewegt wurde. Eine dieser Fragen war, wie dem beginnenden Verfall des deutschen Reiches, der allmäligen Abnahme der deutschen Einheit und Stärke vorgebeugt werden könne. Daß dies nur möglich wäre durch ein kräftiges Einschreiten gegen die wachsende Macht der einzelnen Landesfürsten und durch Wiederbelebung des kaiserlichen Ansehens, Wiederaufrichtung des gesunkenen Reichsregimentes, das hatten

die Meisten längst eingesehen. Aber die Sonder=
interessen der Fürsten, selbst die des Habsburgischen
Hauses, boten schon damals einen Widerstand, der
nur durch die Vereinigung aller ihrer Gegner zu
einer allgemeinen Schilderhebung hätte überwunden
werden können. Franz von Sickingen mit seinen
Verbündeten zu Großem, wie es schien, berufen,
stellte sich an die Spitze dieser Bewegung. Er be=
gann damit, daß er dem Erzbischof und Kurfürsten
von Trier den Fehdehandschuh hinwarf. Nach dem
Moselthal zogen bereits seine gesammelten Truppen,
Trier sollte genommen werden.

Junker Dieter Faust von Stromberg, den wir
als Herrn der Guldenbacher Mühle und Stiefenkel
der Frau Adelheid kennen gelernt, gehörte zu den
eifrigsten Anhängern Sickingen's und der von ihm
vertretenen Richtung; er war, in die Fußtapfen
seines verstorbenen Vaters tretend, ein Kampf= und
Schicksalsgenosse Sickingen's; sowie an dessen Fehde,
hatte er auch an deren Folgen seinen Antheil; mit
seinen Grundsätzen, seinem Leben und seinen Gütern

war er verflochten in Sickingen's Verhängniß. Sein Großvater hatte durch seinen Vater ihm alle Rechte und Besitzungen seines Hauses hinterlassen, als seinem einzigen aus ebenbürtiger Ehe stammenden Nachkommen. Zwar hatte jener, Wohlfried Faust, mit Adelheid, der Tochter eines Leibeigenen, des Müllers auf der Guldenbacher Mühle, mit Hintansetzung seiner Standespflichten, eine zweite Ehe geschlossen, aber der einzige Sohn aus dieser Ehe, Johann Georg Faust, für den geistlichen Stand bestimmt, hatte früh die Heimath verlassen, um den Studien obzuliegen, galt für verschollen, als der Vater starb, und blieb an der Erbschaft unbetheiligt. Nur die Mutter, Frau Adelheid, wie man sie nach dem Tode ihres Gatten zu nennen pflegte, hatte die Mühle nebst den dazu gehörigen Ländereien und Waldungen als Leibgeding ausgesetzt erhalten.

Dieter Faust, dessen Vorfahren Vasallen und Beamte der rheinischen Pfalzgrafen waren, hatte in angestammter Anhänglichkeit diesem Fürstenhause seine Dienste gewidmet und stand so lange wie Franz von Sickingen in allen Händeln auf Seiten des damaligen Kurfürsten von der Pfalz, Ludwig's V., als treuer Kämpe; er focht neben Sickingen für den Kurfürsten, begleitete ihn zu den Fürstenversamm=lungen und war auch in seinem Gefolge auf dem Reichstage zu Worms, wo er den Augustinermönch Luther gegen Kaiser und Papst sich vertheidigen hörte. Als aber Sickingen im Interesse einer neuen Ordnung der Dinge vom Kurfürsten sich lossagte, da ließ auch Dieter von der Strömung der Zeit sich fortreißen und hielt gegen Pfalz mit Sickingen.

Waren schon in dem vorhergegangenen baierisch=pfälzischen Erbfolgekriege die Faust'schen Besitzungen arg mitgenommen worden, so sollte dies jetzt in der gegen den Landesherrn selber ausbrechenden großen Fehde in noch weit höherm Grade der Fall sein. Frau Adelheid, die sich als ein Mitglied des Hau=ses, wenn auch als ein ganz untergeordnetes, zu betrachten nicht aufgehört hatte, sah mit großer Theilnahme und Betrübniß, wie die einst so glänzenden Verhältnisse desselben immer mehr dem Verfall sich näherten; sie selbst war ja nicht in der Lage, das Geringste thun zu können. Welche Freude würde ihr daher auch schon aus diesem Grunde die Heimkehr ihres Sohnes Georg verursacht haben, wenn nicht — mit ihm, dem Verworfensten der Verworfenen, dem von der Menschheit mit Grauen genannten Doctor Faust, der Fürst der Hölle eingekehrt wäre, der mit ihm in ewig unauflöslichem Bunde stand! Frau Adelheid war eine kräftige, körperlich und geistig gesunde Natur; frei von Ueberspanntheit, frei von allem Hang zum Mystischen und Phantastischen, hatte sie von Haus aus ihren Sinn dem Verständlichen, dem Reellen und Praktischen zugewandt. Aber wie sollte sie dem Geist ihrer Zeit widerstehen, wie unergriffen bleiben von dem maßlos waltenden Glauben an Zauberei und Hexenthum, jener Krankheit ihres Jahrhunderts, die nicht bloß in der Masse des Volkes wüthete, sondern die Lenker des Staates und der Kirche, die Pfleger der Wissenschaft, ja die hervorragendsten

Vertreter der Cultur und des Fortschrittes befallen und überwältigt hatte, von welcher selbst ein Sickingen, ein Luther und Melanchthon nicht verschont blieben? Wie sollte sie den Nachrichten über die gräuelvollen Thaten ihres Sohnes, die er mit Hilfe der von der Hölle empfangenen schwarzen Kunst ausübte, ihr Ohr verschließen? wie den Wirkungen derselben in ihrem Herzen, so sehr es widerstrebte, den Zugang versperren? Ihre Thränen, ihre Gebete waren nicht im Stande, die Folterqualen, womit jeder Gedanke an ihn begleitet war, zu beschwören. Welche Zweifel, welche Kämpfe durchlebte sie, um die unbegrenzte Liebe zu ihm zu ersticken, um die letzte Faser ihres Antheils an ihm zu zerreißen! In der Religion, im Glauben fand sie keine Zuflucht, denn der Glaube war es ja, dessen Verkündiger ihr zeigten, daß für ihn, den Leibeigenen des Satans, im Himmel und auf Erden kein Erbarmen zu finden. Auch waren Jahre vergangen, seit sie unmittelbar keine Nachrichten von ihm mehr erhalten hatte; alle ihre schönen auf ihn

gebauten Pläne und Hoffnungen waren längst untergegangen; zeitweise gelang es ihr durch eine die
Kraft eines gewöhnlichen Weibes weit übersteigende
Beherrschung ihrer Gefühle, ihn als nicht und nimmer vorhanden zu betrachten, dann aber erwachte
wieder in ihr die Liebe und Sehnsucht der Mutter,
die Last ihres Unglücks wälzte sich über sie und
drohte sie zu erdrücken. Also stand es um sie bei
seiner plötzlichen Erscheinung; der Sturm der in ihr
aufgeregten Empfindungen läßt sich nicht schildern;
ihr Schrecken, ihre Angst war grenzenlos, aber ein
Strahl der Hoffnung durchblitzte ihre Seele.

Herrlich ging die Sonne auf an dem Morgen,
der auf den Abend folgte, an welchem der Sohn
die Mutter bei dem scheidenden Lichte beschwor, auf
die Wiederkehr der Tageshelle zu hoffen. Agnes
hatte ihr neben dem Bett der Base aufgeschlagenes
Lager bereits verlassen und war damit beschäftigt,
das Nöthige möglichst geräuschlos zu ordnen, denn
die Base — das hatte sie wahrgenommen — war
erst bei Tagesanbruch eingeschlafen. Aber trotz ihrer

Vorsicht erwachte die kaum Entschlummerte, als die Morgenluft durch das leise geöffnete Fenster des Vorzimmers drang.

„Gott sei Dank, daß es Tag ist!" sagte sie, in ihrem Bette sich aufrichtend; „das war eine lange, schwere Nacht! Wie fest, mein Kind, hast Du geschlafen!"

„O, ich war auch öfter wach," erwiederte Agnes, „und habe immer gehört, wenn die Mühle klingelte und der Vater Frucht aufschüttete. Aber Herr Berthold muß gewiß gut geschlafen haben, denn drüben regte sich nichts. Jetzt ist er schon unten beim Vater und sieht zu, wie viel Mehl die Nacht ausgebeutelt wurde; er meint, es wäre wenig und man müßte den Stein schärfen."

„Gehe hinunter, Agnes, und besorge für ihn das Frühstück, unterdessen werde ich aufstehen," sagte Frau Adelheid mit sichtbar erheiterter Miene. Der helle Tag hatte die schauervollen Nebelgebilde der Nacht verscheucht, der ruhige Verlauf derselben ihre Angst als grundlos dargestellt, sie fühlte sich troß der durchwachten Stunden der Qual und Sorge wunderbar gestärkt und beruhigt.

Angekleidet trat sie an das offene Fenster und blickte hinaus in das frische Leben der Natur, in das duftige Grün, über Büsche und Wiesen, die in Thauperlen prangten. O wie schön war der Tag! wie heiter lächelte die Sonne herab vom wolkenlosen Himmel! Die sichtbare, die wirkliche, lebendige Welt, welchen Gegensatz bildete sie zu den phantastischen, wesenlosen Schöpfungen einer in mitternächtiger Stunde krankhaft erregten Seele! Wie bestimmt, wie Vertrauen erweckend und heilkräftig sprach sie zum Gemüth! „Er sagte,“ sprach Frau Adelheid, gen Himmel blickend, „so gewiß dort die Sonne jetzt den Tag mitnimmt und morgen ihn wiederbringt, so gewiß wird es auch im Herzen der Base Adelheid wieder Tag werden und ihre Furcht und ihre Trauer schwinden! Das habe ich aus seinem Munde vernommen, und er schlief ruhig unter meinem Dach! — — und Pater Gorbianus sagt: er ist in Spanien am Hofe des Königs, dort

hat er die vierte Todsünde begangen und seine Zeit
ist um! Wie soll ich das reimen? — — Tag
werde es wieder in meinem Herzen? Ist mir doch,
als wolle er anbrechen! Meine Furcht und meine
Trauer sollen schwinden? Ist mir doch wie Einem,
der in qualvollem Traum die Stimme des Wecken=
den hört!"

Solches dachte und sprach sie vor sich hin, als
es an der Zimmerthür pochte und auf ihr Herein!
der Franciscaner Pater Gordianus eintrat.

Gordianus, einer der Mönche aus dem Fran=
ciscanerkloster zu Germersheim, denen die Pfarr=
verrichtungen in Stromberg und der Umgegend
übertragen waren, gehörte zu jener Abtheilung der
Franciscanermönche, die Observantiner hießen,
einer strengern Regel unterworfen waren und, im
Gegensatz zu den Conventualen, mit Verzicht=
leistung auf alle Bestrebungen im Gebiet der Wissen=
schaft und des Humanismus sich auf die Beobach=
tung ihrer Regeln und die Verrichtung der ihnen
übertragenen geistlichen Functionen beschränkten. Er

wohnte in der Probstei zu Stromberg, pflegte eifrig die Gegend zu durchstreifen und hatte bisher auf Frau Adelheid einen großen Einfluß ausgeübt. Am Morgen des Tages, an welchem Berthold in der Mühle ankam, hatte er — was wir bereits von Agnes an Berthold ausplaudern hörten — bei Frau Adelheid einen Besuch gemacht in Begleitung des Paters Vincenz, ebenfalls eines Franciscaners, der aber dem Zweige der Conventualen angehörte und nur vorübergehend in der Gegend sich aufhielt. Pater Vincenz, bekannter unter dem Namen Dr. Klinge, war jener durch seine Kenntnisse und Beredtsamkeit hervorragende Franciscaner-Guardian aus Erfurt, der von den dortigen Gelehrten beauftragt worden war, den Dr. Faust zu bekehren, mit demselben in Erfurt zu diesem Zweck eine sehr lange Unterredung hatte, aber mit seinem Versuche scheiterte. Er war jetzt zufällig auf längere Zeit zum Besuch beim Abte von Sponheim und hatte die Gelegenheit nicht versäumen wollen, das Heimathland und die Mutter des „Teufelskindes," gegen welches er

vergeblich das Schwert seiner Beredtsamkeit ge=
schwungen hatte, kennen zu lernen, weshalb er denn
schon mehrere Male mit Gordianus in der Mühle
eingekehrt war. Auch wußte Dr. Klinge, da er
durch seine Stellung und Verbindungen in den
Stand gesetzt war, die Ereignisse des Tages zu ver=
folgen, über Dr. Faust's weitere Streiche das Neueste
und Wichtigste zu berichten.

Pater Gordian aber hatte für Frau Adelheid
etwas auf dem Herzen, was er am gestrigen Tage
in Gegenwart seines Ordensbruders, des ihm sehr
unähnlichen Dr. Klinge, nicht loswerden konnte.
Er machte daher heute in aller Frühe einen aber=
maligen Besuch bei ihr.

„Ihr habt gestern gehört, Frau Adelheid," be=
gann er nach kurzem Eingang — „Ihr habt es ge=
hört von Dr. Klinge, einem über allen Zweifel er=
habenen Mann — daß die vierundzwanzigjährige
Dienstzeit, zu welcher sich Euer Sohn mit Brief
und Siegel und seinem Blute dem Teufel verpflich=
tete, abgelaufen ist und nunmehr mit jedem Augen=

blick die Nachricht eintreffen kann, daß der Herr
seinen Diener abgeholt. Die Kirche hat zu seiner
Rettung ihre Mittel längst erschöpft; er geht ein in
die ewige Verdammniß. Euch aber, der Mutter
des Verfluchten, Euch, dem unschuldigen Werkzeuge
der höllischen Macht, steht noch vielleicht nur auf
kurze Zeit ein Gnadenpförtlein offen, dem Fluche
zu entfliehen, der von ihm nach Euch zurückgreift.
Denn wie ein himmlischer Segen, so wirkt auch
ein Fluch vom Sohne rückwärts auf seine Erzeuger; zum Beweise diene Euch die Allerseligste der
Mütter. Aber ich habe Euch oft gesagt, daß der
Himmel seine Gnade nicht wegwirft, sie will mit
Opfern erworben, sie will erkauft sein! — Hier,
unterschreibt diese Urkunde!"

Frau Adelheid, des Lesens kundig und noch im
Stande, ohne Brille die Buchstaben zu entziffern,
nahm die Schrift und las: „Dem Kloster des heiligen Franciscus zu Germersheim schenke ich den
jährlichen Ertrag der mir zustehenden Wälder auf
dem Canterich und gelobe dahin zu wirken bei

meinem Stiefenkel, daß auch nach meinem Tode diese Schenkung für alle Zeiten in Kraft bleibt."

Frau Adelheid, in ungewöhnlichem Grade zum Widerstand gestärkt, hatte den Muth, die Schrift mit den Worten zurückzugeben: "Der Ertrag jener Wälder kommt nicht mir, sondern meinen Angehö= rigen, meinen Verwandten, zu Gute; ich kann nicht darüber verfügen; auch kann ich mich nicht dazu verpflichten, meinen Stiefenkel zu bewegen, die an sich schon so sehr geschmälerten Güter seines Hau= ses noch mehr zu schmälern."

"Also Ihr habt vergessen," erwiederte Gordianus ruhig, "welches der Ertrag jener Wälder für Euch war? vergessen, daß dort heute vor vierundzwanzig Jahren Euer Sohn seine Seele verpfändete und sie heute auch, da die Zeit um ist, dem Teufel, seinem Gläubiger, abliefern wird?"

In diesem Augenblick trat Agnes ein.

"Base," sagte sie dienstfertig, "soeben ist Herr Berthold mit dem Vater fortgegangen hinaus nach dem Canterich, die Eichen zu besehen. Er wollte

Euch nicht Adieu sagen, weil Besuch bei Euch wäre, und drängte den Vater, weil es ihm sehr pressire."

Da überfiel es wie ein Ungewitter die arme Frau; sie zitterte und bebte an allen Gliedern; die Angst erstickte jede andere Empfindung.

„Helft mir, helft mir, ehrwürdiger Vater!" rief sie aus wie in Verzweiflung.

Gordian legte ihr die Urkunde vor und stellte ein Schreibzeug daneben, was er bei sich zu führen pflegte. Zitternd nahm sie die Feder, starrte lange vor sich hin, schlug sich dann mit der Linken an die Stirn und sagte endlich wehmüthig, den Blick erhebend: „Nein, nein, denn es gilt ja nicht Dich, mein Sohn, und Deine Rettung; es soll ja nur um meinetwillen geschehen!" Dann legte sie die Feder entschlossen nieder und gab dem Mönch das Pergament zurück.

„Gönnt mir noch einige Zeit," bat sie ihn, „und kommt an einem andern Tage wieder!"

Gordianus war klug genug, einzusehen, daß er jetzt nichts mehr ausrichten werde. Er wandte seinen

Blick nach Agnes, die erschrocken, mit halbgeöffnetem Munde, dastand. Er faßte das blühende Mädchen, dessen voller, reizender Wuchs die Jungfrau, dessen harmlos offener Blick das Kind andeutete, scharf in's lüsterne Auge.

„Was erzählst Du von Herrn Berthold? wer ist er?" fragte er Agnes.

„Er ist Jäger; vom Herzog gesandt, die Forsten zu untersuchen," fiel Frau Adelheid ein. „Er wohnt hier," fügte sie zögernd hinzu, „mit Vorwissen des Pater Bruno."

„Ihr habt wenig Ursache, Frau Adelheid, fremde Leute in Euer Haus aufzunehmen!" sagte, die Stirn runzelnd, Gordian und empfahl sich. Agnes gab ihm auf den Wink der Frau Adelheid das Geleit bis an die Hausthür. „Daß Du mir Alles erzählst, was im Hause vorgeht, Agnes," sagte er unterwegs, ihr in die Wange kneifend; „denn Du weißt, mein Kind, um was es sich handelt, und bist alt genug, einzusehen, in welchen Gefahren Ihr Alle schwebt."

Agnes antwortete nicht, als er ihr aber aus den Augen verschwunden war, fuhr sie mit der Hand über die Wange und machte mit kindischer Geberde ihm eine Faust nach.

Zwischen Furcht und Hoffnung, gehoben und niedergedrückt von den entgegengesetztesten Gedanken, brachte Frau Adelheid den Morgen zu. Als es aber Mittag wurde und von den Fortgegangenen noch Keiner zurückkehrte, steigerte sich ihre Angst von Secunde zu Secunde. Endlich hörte sie unten ein Geräusch; Stumpf kam — allein zurück. Er begab sich sogleich zu ihr.

„Wo ist Se — Herr Berthold?" fragte sie mit einer durch die Aufregung halb erstickten Stimme.

„Nach Stromberg ist er auf dem nächsten Wege über's Gebirge; er habe dort heute Mehreres zu thun und werde schwerlich viel vor Abend zurückkommen, soll ich Euch sagen," gab Stumpf zur Antwort.

„Hast Du mit ihm den Canterich verlassen?"

„Freilich, und schon lange. Wir waren dort

balb fertig. Das ist ein Mann, der sein Fach ver=
steht; jedem Baum sieht er beim ersten Blick sein
Alter an und wie viel er taugt. Die Eichen, die
gefällt werden sollen, waren bald ausersehen. Dar=
auf machten wir zusammen einen weiten Weg über
Berg und Thal nach Dachsweiler zu. Ueberall hat
er Steine zerhauen mit einem Hammer, den er aus
der Tasche holte, und wollte ihnen ansehen, ob sie
Eisen enthielten; auch hat er einige in die Tasche
gesteckt, und die Blumen und Kräuter, die da stan=
den, untersuchte er und kannte sie wie ein Doctor.
Als wir wieder in's Thal kamen, trennten wir uns."

Das einzig Beruhigende in den Mittheilungen
Stumpf's für Frau Adelheid war, daß ihr Sohn
mit Stumpf den Canterich verlassen hatte. Alles
Uebrige war eher geeignet, ihre Besorgnisse zu ver=
mehren als zu vermindern. Doch als Agnes so
gänzlich unbefangen sagte: „Ich werde Herrn Bert=
hold vom Mittagsessen aufheben, wenn er auch
noch so spät heimkommt," da gewann sie unwill=
kürlich und gleichsam angesteckt von der natürlichen

Zuversicht des Mädchens wieder einige Fassung und wartete still die Zeit ab.

Unterdessen verfolgte Faust-Berthold seine Zwecke in Stromberg, wo er länger aufgehalten wurde, als er gedacht hatte. Diese Zwecke waren zunächst, sich bei dem dortigen kurpfälzischen Amtmann zu präsentiren und ihm sein durch Franz von Sickingen bei dem Herzog von Simmern ausgewirktes Beglaubigungsschreiben vorzulegen; sodann mit dem Amtskeller wegen verschiedener Pläne und neuer Anlagen auf gewerblichem Gebiet in Verbindung zu treten.

Als er jetzt nach so vielen Jahren zum ersten Male wieder den engen, zum Theil von starren Felsen umragten Thalkessel betrat, in welchem das Städtchen lag, und der daraus emporragenden Burg ansichtig wurde, wo einst seine Väter schalteten und auch er einen Theil seiner frühesten Jugendjahre zugebracht hatte, da kam es ihm vor, als müßte, sowie er jede Straße, jeden Erker und Giebel als bekannt begrüßte, auch ihn Alles wiedererkennen, die Sicherheit, womit er bis jetzt auftrat, die Ueberzeugung, als Fremdling hier unbehelligt verkehren zu können, wollte ihn fast verlassen und mit einer gewissen Scheu, die ihm sonst völlig fremd war, verfolgte er den Weg nach der Burg, wo der damalige Amtmann, Johann von Schönberg, wohnte. Doch da die Menschen, die ihm begegneten oder aus den Fenstern neugierig nachblickten, einer ganz andern, ihm völlig fremden Generation angehörten, gewann er wieder die alte Fassung und ging muthigen Schrittes weiter.

„Herr Berthold!" rief es mit einem Male hinter ihm. Er kannte die Stimme, doch wußte er sie nicht sogleich unterzubringen. Etwas betroffen blieb er stehen und sah sich um. Da trat aus der Pforte eines zur Caplanei gehörigen Nebengebäudes Bruno, der Dominicaner.

„Es ist mir lieb, Euch heute zu treffen, Herr Berthold," sagte der Mönch, dicht zu ihm herankommend; „ich hätte Euch etwas mitzutheilen;

wenn es Euch nichts verschlägt, tretet einen Augen=
blick bei mir ein."

„Ich wollte zum Amtmann," erwiederte er.

„Dachte mir's — Euch bei ihm zu legitimiren
— er hat neuerdings von Kurpfalz den gemessensten
Befehl erhalten, gegen Fremde auf der Hut zu sein,
wären sie auch noch so gut empfohlen. Vielleicht
kann ich Euch hierbei von Nutzen sein. Ihr wißt,
daß auch hier die neuen Ketzereien spuken!"

Berthold trat mit ihm in die Herberge.

„Laßt Euch nieder, Herr Berthold," sagte Bruno,
als sie sich in einem sehr wohnlich und bequem ein=
gerichteten Zimmer befanden, „und gönnt einem be=
schränkten ·Mönche die Ehre, den Dr. Johann
Georg Sabellicus Faust, den Schwarz=
künstler, den weltbeschrieenen Teufels=
beschwörer und Hexenmeister, einen Augen=
blick unter seinem Dache zu besitzen."

Faust=Berthold, der bereits seit seiner gestrigen
Unterredung mit Bruno nicht mehr im Zweifel war,
von diesem erkannt zu sein ·oder bald erkannt zu

werden, auch schon vor seiner Ankunft im Gulden=
bacher Thale beschlossen hatte, vor ihm, den er hier
wußte, die Maske abzunehmen, verbeugte sich auf
diese Anrede mit einem angenommenen, ihr entspre=
chenden komischen Pathos und sagte: „Hast Du
einen Wunsch auf dem Herzen, Mönchlein, so thue
mir dessen Bekenntniß, ich habe Macht, ihn zu er=
füllen!“

„Wohlan!“ antwortete Bruno, nahm ein Stück
Kreide, zog damit einen Kreis um Faust, entfernte
sich einige Schritte von ihm und sagte: „Komme zu
mir, ohne diese Linie zu überschreiten!“

„Du verlangst Großes!“ antwortete Faust, den
Kopf zurückwerfend, mit der Miene eines Erschrocke=
nen. „Doch es sei Dir gewährt!“

Darauf bückte er sich, wischte mit Speichel einen
Theil der Linie aus und trat zu Bruno.

Bruno lächelte, schüttelte ihm wie zum Willkomm
die Hand und sagte: „Ihr habt mich, wenn ich
nicht irre, und ich Euch verstanden. Aber wenn
auch die zwischen uns bestehenden äußern Schranken

sich so leicht wie diese Linie wegräumen ließen, glaubt Ihr, daß dies mit den innern unsichtbaren, die uns trennen, eben so leicht geschehen könnte?

„Es käme auf den Versuch an," antwortete Faust, indem er die Rolle des Zauberers nebst jener wahrhaft dämonischen Machthabergeberde, die ihn bei seinen Künsten draußen in der Welt so wirksam unterstützte, wieder ablegte.

Bruno eröffnete ihm nun, daß er schon am gestrigen Tage in dem Boten und Genossen des Sohnes der Frau Adelheid den Sohn selbst halberweise vermuthet habe, in seiner Vermuthung aber heute bestärkt worden sei durch einen Brief Ulrich's von Hutten, worin ihm mitgetheilt werde, Faust suche unter Sickingen's Schutz eine Zuflucht in seiner Heimath.

„Ich hielt nun für nöthig," sagte er weiter, „Euch so bald wie möglich davon in Kenntniß zu setzen, daß Dr. Klinge, der große Orthodoxe, sich in der Gegend umhertreibt. Wie lange ist es, daß er Euch nicht sah?"

„Etwa neun Jahre," antwortete Faust; „seit unserm Streit in Erfurt."

„So würde er Euch gewiß erkennen?"

„Ohne Zweifel."

„Und Euern Aufenthalt, wo nicht unmöglich machen, doch erschweren."

„Ein Zusammentreffen mit ihm werde ich gern vermeiden," erwiederte Faust, ohne das geringste Zeichen von Unruhe; „denn ich bin nicht mit dem Plan in dieses Thal gekommen, alte Händel zu erneuern; die Schaubühne der Welt habe ich verlassen, nicht um in einem Winkel Possen aufzuführen; doch würde ich seine Begegnung nicht fürchten, wenn sie nicht vermieden werden könnte. Klinge ist fromm, nicht fanatisch, nicht falsch; er würde, durch mich selbst über mich aufgeklärt, der Wendung in meinem Wandel seine Zustimmung geben, keinen Lärm schlagen. Er würde den Dr. Faust in Berthold, dem Pfalz-Simmern'schen Förster, vergessen."

„Da traut Ihr ihm mehr zu als ich," entgegnete Bruno; „er war noch gestern kurz vor Eurer

Ankunft in der Mühle, um die Mutter des Löwen, der seinen Pfeilen widerstand, kennen zu lernen und möglicher Weise ebenfalls auf's Korn zu nehmen. Es geleitete ihn Gordian, der Observantiner aus Germersheim, der Euch mit Halleluia auf den Scheiterhaufen führt, wenn Ihr ihm verrathen werdet. Zwar glaubt Klinge, auf Grund der Berichte, die er aus der Ferne über seinen unvergeßlichen, stets mit Interesse verfolgten Gegner erhält, Ihr wäret jetzt in Spanien und täglich in Erwartung, von Eurem guten Freund Satan abgeholt zu werden. Klinge muß ausgezeichnete Quellen haben, denn er weiß bis in's Kleinste, wie es dort am Hofe König Karl's um Euch steht. Allerdings wird Euch hierdurch Euer hiesiges Incognito erleichtert. Aber mich will doch bedünken, Ihr würdet, wenn Ihr ihm jetzt im Guldenbacher Thale begegnetet, schwerlich ein Zaubermittel bei der Hand haben, um ihn bei jenem Glauben zu erhalten."

„Bei Menschen seines Schlages," antwortete Faust, in Gedanken versunken, „ist oft das Glauben stärker als das Wissen. — Lassen wir ihn, ich fürchte ihn nicht. — Doch die Zeit drängt mich; ich muß auf die Burg und heim in die Mühle, wo man mich mit Unruhe erwartet."

„Habt Ihr Eure Mutter wiedergewonnen?" fragte Bruno, als habe er errathen, was Faust bewegte.

„Noch nicht, doch hoffe ich, daß es mir gelinge."

„Ich habe sie geschützt, ohne daß sie es weiß," versetzte darauf Bruno; „sie wäre sonst untergegangen unter Gorbian's gesalbten Händen, obgleich sie mehr Kraft besitzt als viele Ihresgleichen. Doch Ihr eilt — nehmt dieses Schreiben von mir mit auf die Burg; es wird Euch beim Amtmann Euer Geschäft erleichtern."

Faust nahm das Papier, reichte Bruno mit einem freien, festen Blick die Hand und sagte: „Die äußern Schranken zwischen Euch und mir sind durchbrochen; die innern, vermuthe ich, sind nicht so unüberwinblich, wie Ihr denkt, doch müssen wir Beide Hand anlegen. Hört dies Eine zu Eurer

Orientirung: Mein bisheriges Leben gibt keinen Maßstab für mein bisheriges Streben. Auch ich wollte schwimmen gegen den Strom der Zeit, wurde aber von ihm getragen, wohin seine Fluthen sich wälzten, diese Fluthen, die durch menschlichen Widerstand so wenig sich stören lassen, wie der Umlauf der Erde um die Sonne. Aber ich bin ihrer Strömung ein stehendes Wahrzeichen geworden: Faust wird bleiben neben Berthold, ja diesen vielleicht lange überleben! — Für heute lebt wohl!"

Damit entfernte er sich.

„Noch haben wir uns nicht verständigt," sagte Bruno vor sich hin, als er allein war; „ein Wahrzeichen wäre er geworden? ein Wahrzeichen des Wahns? des steigenden oder des fallenden? — —"

Nach mehrstündigem Aufenthalt theils auf der Burg beim Amtmann, wo ihm die Empfehlung Bruno's gute Dienste that, theils beim Amtskeller, theils in einer Frembenherberge, wohin er von Bacharach aus über Bingen sein Reisegepäck dirigirt hatte, trat Faust den Rückweg nach der Mühle an.

Langsam, fast unerträglich langsam ging Frau Adelheid der Tag hin; die Minuten wurden ihr zu Stunden. Unter der hohen und breitgeästeten Eiche, die rechts neben der Einfahrt zur Mühle stand und mit ihren Zweigen einen Theil des Daches verdeckte, saß sie am späten Nachmittage. Der Baum war uralt; in seinem Schatten hatte auch sie als Kind gespielt; auf der Steinbank, auf welcher sie jetzt saß, hatte sie auch als Jungfrau gesessen, wenn Ritter Wohlfried Faust auf der Straße sie grüßend vorüberzog; hier in nächtlicher Stunde hatte er ihr Herz gewonnen, hatte der stolze Burgmann von Stromberg der niedrigen Müllerin den Eid geschworen, sie zur Gattin zu erheben. Auch jetzt saß sie da und schaute über die Wiese und die von der Stadt herführende Straße mit pochendem Herzen nach dem Sohne, wie einst nach dem Vater.

Nur Agnes war noch in der Mühle und ein armer Bursche aus Dichtelbach, der, wenn Stumpf auf's Feld mußte, das Mahlen besorgte; die Andern waren Alle draußen mit der Heuernte beschäftigt.

Agnes wirthschaftete im Haus und im Garten, an dem der Bach hinfloß, an der Wäsche. Gleichwohl kam sie öfters heraus vor den Hof, um nach der Base zu sehen, deren ganz ungewöhnliche Aufgeregtheit, die sie sich freilich aus der so entsetzlichen Bedeutung des heutigen Tages erklärte, sie mit Theilnahme und Sorge erfüllte. Doch warum sie mit solcher Unruhe der Rückkehr des Herrn Berthold entgegensah, konnte sie nicht begreifen.

„Base," sagte sie, als sie sich wieder in ihrer Nähe etwas zu thun gemacht hatte, „Ihr denkt gewiß, Herr Berthold habe sich verirrt, weil er die Wege durch's Gebirge noch nicht kennt? — Er scheint ein guter Mann zu sein; ich fürchte mich gar nicht, wenn ich allein bei ihm bin; noch eher fürchte ich mich beim Pater Gordianus; Herr Berthold hat auch ein ganz anderes Gesicht; man sieht ihm an den Augen an, daß er Niemandem was zu Leide thut."

„Bleibe hier bei mir, Agnes," gab hierauf Frau Adelheid zur Antwort, deren Herz von diesen

Worten so wehmüthig zugleich und freudig bewegt wurde; „ich will Dir von meinem Sohn erzählen."   .

Agnes setzte sich mit der Arbeit zu ihr.

„Siehe, er war in dem Alter von neun Jahren," sagte sie, eine Thräne unterdrückend, „als er
schon hinaus in die Welt mußte. Sein Vater wollte,
daß er Geistlicher werde; — so kam er nach Knittlingen im Schwäbischen, welches damals noch
kur-pfälzisch war: dort wohnte ein Verwandter, der
auch Faust hieß; — in dessen Haus wurde er aufgenommen und erhielt den ersten Unterricht von den
gelehrten Mönchen des Klosters zu Maulbronn, das
in jener Gegend liegt."

„Das habt Ihr mir schon einmal erzählt, Base,"
fiel Agnes ihr in's Wort, „und wie er dort die
andern Schüler alle im Lernen überholt hat."

„Und wie sie ihn dort Alle gern hatten, weil
er sich gegen Alle so treu und liebevoll betrug,"
fuhr Frau Adelheid fort, „und als er uns einmal
in Stromberg besuchte, sich schon mit dem Caplan

auf lateinisch disputiren konnte. Von da kam er auf die Hochschule nach Heidelberg; da ließ er es aber nicht bei der Theologie bewenden; da studirte er alle andere Gelehrsamkeit und das, sagten sie, wäre sein Verderben gewesen. Als er in Heidelberg fertig war, besuchte er uns wieder, und damals wäre das mit ihm vorgefallen im Wald auf dem Canterich, erzählten sie mir, denn ich habe nichts gemerkt und hatte keine Ahnung davon. Nun aber starb der Vater und er zog fort, weit fort, sie sagten nach Krakau, wo er böse Gesellen antraf; die trieben zusammen" — das Wort wollte ihr nicht über die Lippen — „Schwarzkunst und er bekam einen Ruf in der Welt und gab sich den Namen Sabellicus. Doch Franz von Sickingen, der Oberamtmann von Kreuznach, der ihn schon von Knittlingen her kannte und ihm hoch gewogen war, wirkte ihm wegen seiner großen Wissenschaft die Rectorstelle an der Schule zu Kreuznach aus, wo er in hohem Ansehen stand — — das sind schon an die sechzehn Jahre her. Von dort ist er wieder weggegangen; Pater Bruno vertraute mir, weil er verfolgt wurde von den Kreuznacher Mönchen und dem Abt von Sponheim; denn er habe mehr gewußt als sie. „Jetzt, o Gott" — vor innerer Bewegung versagte ihr fast die Stimme — „jetzt verschwand er und ich hörte seitdem nur —"

„Base," unterbrach sie Agnes, „wir müssen hineingehen, es gibt ein Gewitter; hört Ihr, wie's donnert?"

Schwarze Wolken, wie die Schwüle des Tages es erwarten ließ, hatten den nordwestlichen Horizont des engbegrenzten Thales umzogen und die Sonne verdunkelt; dumpf rollte der Donner und schon begannen einzelne Regentropfen zu fallen. Der Glaube war damals allgemein, daß die Gewitter ein Werk des Teufels oder seiner irdischen Helfershelfer, der dem Teufel verbündeten Hexen und Wettermacher, wären. Man pflegte bei ihrem Herannahen in Städten und Dörfern mit allen Glocken zu läuten, um die Heiligen gegen die Gewalt der Hölle aufzubieten. Wo es einschlug, selbst in Kirchen

und an Altären, da wollte man in der Regel ge=
sehen haben, wie der Böse in Gestalt eines schwar=
zen Hundes davonschlich, und der Schwefelgeruch,
als Mitgabe aus seiner mephitischen Heimath, galt
für den sichersten Beweis seiner persönlichen Nähe.

Frau Adelheid, obgleich in solchen Anschauungen
aufgewachsen, hatte sich nie viel Kopfbrechens dar=
über gemacht und vor ihren störenden Wirkungen
auf's Gemüth schützte sie ihr gesundes Naturell,
ihre mit dem abergläubischen Hang im Gegensatz
stehende Neigung zu Allem, was faßbar und ver=
ständlich war. Entlud sich ein Gewitter, so betete
sie, wie die Andern, erfreute sich aber zugleich an
den sichtbaren Folgen desselben, der wohlthätigen
Abkühlung und Erfrischung, ohne über Anderes
nachzugrübeln.

Doch heute war es anders.

„Agnes,“ sagte sie, „ich gehe nicht in's Haus;
drinnen ist mir's zu dumpf und beengt; Du mußt
aber hier bei mir bleiben; wir sind ja unter dem
Baume. ganz geschützt vor dem Regen.“

Agnes rückte näher zu ihr unter die Wölbung der stämmigen Aeste. So saßen sie, die Hände gefaltet, traulich und dicht aneinandergeschmiegt.

Da kam der Mühlbursche heraus aus dem Hofe.

„Agnes, Du mußt mir helfen, die große Schleuse aufziehen, ich zwinge es nicht allein! Es muß droben entsetzlich geregnet haben.“

„Kommt das Wetter näher?“ fragte Frau Adelheid.

„Es hängt gewiß schon eine halbe Stunde über dem Canterich und kann nicht weiter. — Agnes eile Dich, sonst kommt das Wasser in’s Haus; der Mühlenkanbel läuft schon über!“ rief der Bursche und verschwand.

Agnes, die in diesem Augenblick höchst ungern die Base verließ, folgte ihm, da Gefahr im Verzug war.

Frau Adelheid war allein.

Finsterer wurde das Thal, dichter strömte der Regen, die Wasser braußten nieder von den Höhen,

Wirbelwinde stürmten dahin und dumpf hallte der Donner unablässig aus der Ferne.

„Es hängt über dem Canterich und kann nicht weiter!" wehklagte Frau Adelheid. „Er hat sich getrennt von seinem Begleiter, um allein dahin zurückzukehren — seine Rede war Lüge, meine Hoffnung Lüge, mein Vertrauen Sünde! — — die Nacht kommt — seine ewige Nacht! — Der Böse ist ein Gewaltiger, ein Unerbittlicher — Er dort — mit ihm allein! — Herr, himmlischer Vater, wo bist Du? Hast Du kein Erbarmen — kein Erbarmen. —"

So litt, so betete sie, und ihre Seele sank unter in Schmerz und Grauen.

Da knallte eine Peitsche in ihrer Nähe. Sie fuhr empor; sie sah einen Wagen halten auf der Straße; zwei schwarz verhüllte Männer standen dabei; der Eine verließ den Andern und näherte sich ihr; den Regenmantel vom Haupte zurückschlagend, trat er dicht heran.

„Georg!" lispelte sie zitternd.

„Ich bin es, Mutter."

„Wer ist der Andere?"

„Ein Fuhrmann, dem ich in Stromberg meine Habe aufgeladen, die ich dahin hatte senden lassen."

„Georg, Du bist es? — aber wer ist der Andere?"

„Es ist ein Mann, der, wie ich sage, nach Simmern fährt und meine Sachen bis hierher mitnahm — doch warum so allein hier, Mutter, bei diesem Wetter?"

Der Regen hatte nachgelassen, die Finsterniß schwand. Frau Adelheid, wie zu sich kommend aus einer Ohnmacht, ließ schweigend ihren Blick auf dem Sohne ruhen.

„Mutter, verzeiht!" sagte dieser; „Geschäfte und der Regen haben mich länger aufgehalten als ich glaubte. Doch das Wetter ist vorüber; über die Höhe zog's nach dem Rhein und ließ unserm Thale nur seinen Segen. — Erhebt Euch von dem feuchten Sitze! Oben aus dem geöffneten Fenster erfreut Euch des schönen Abends, der auf das Ungewitter folgen wird!"

Sie ließ sich von ihm an der Hand fassen und in's Haus geleiten.

Ein Reisekoffer und eine große hölzerne Kiste wurden von dem Wagen in das Haus und in Herrn Berthold's Zimmer unter dessen Leitung geschafft.

Stumpf kehrte heim mit seinen Leuten. Ein schwer beladener, mit Ochsen bespannter Heuwagen, der noch vor dem Regen hatte geladen werden können, knarrte langsam in den Hof. An die Stelle der unheimlichen Einsamkeit trat ein geschäftiges, munteres Leben in und außer der Mühle. Agnes war um Herrn Berthold thätig, half ihm bei der neuen Einrichtung seines Gemaches und trug seinen nassen Mantel, der in Frau Adelheid jenes fast tödtliche Grauen verursacht hatte, auf den Hof, um ihn dort auszuspannen, damit er wieder trockne. Sie ging ab und zu, während Berthold später bei Frau Adelheid weilte und ihr erzählte, wie er die Eichen auf dem Canterich gefunden, worin seine Geschäfte in Stromberg bestanden und wie er mit dem dortigen Keller einig geworden, daß dieser ihm trocknes Holz zum sofortigen Umbau der Mühle und vielleicht noch andern Bauunternehmungen liefere, wofür er später eine entsprechende Anzahl der zu fällenden Eichen als Ersatz erhalten solle. Er vermied es geflissentlich, ihr in die düstere Sphäre qualvoller Betrachtungen zu folgen oder aufwallende Besorgnisse durch Vernunftgründe und Ermahnung zu beschwichtigen. Sein auf die Geistesfrische der Mutter sich stützender Plan war, Thatsachen sprechen zu lassen und den Erfolg von der siegreichen Gewalt der unleugbaren sinnlichen Wahrnehmung gegenüber den Geburten der Phantasie abzuwarten.

Als er ihr eine gute Nacht wünschte, sagte sie leise: „Georg, noch sind einige Stunden übrig bis Mitternacht, und Du gehst so ruhig! Auch ich will nicht verzagen!"

Am folgenden Morgen erwachte sie aus einem tiefen, erquickenden Schlafe heiter und wie neu geboren.

III.

Franz von Sickingen war mit neuntausend Mann zu Fuß und tausend zu Pferd in das Erzbisthum Trier eingefallen. Gegen Ende des Monats August hatte er das kur-trierische Städtchen St. Wendel nicht ohne Verlust nach dreitägigem Sturm eingenommen. Dort gewährte er jetzt seinen Truppen mehrere Ruhetage. Zum ersten Male hatten die friedsamen Bewohner dieser abgelegenen Grenzlandschaft des Westrich Kanonen gesehen und die erschütternde Stimme vernommen, die von jetzt an in den Kämpfen der Völker das Wort der Entscheidung sprechen sollte. Das Städtchen St. Wendel, für Sickingen vom Nahethal aus leicht erreichbar, war früher Saarbrückisch; durch Kurfürst Balduin von

Trier dem Erzstift erworben, nahm es rasch an Wohlstand zu durch die von nun an gemehrten Schaaren der Wallfahrer, die zur Verehrung der Gebeine des dort ruhenden heiligen Wendelinus hinzogen. Es war nur schwach befestigt und durch eine geringe Mannschaft, die in der Eile von Trier hergesandt wurde, vertheidigt. Franz aber, der das Erzbisthum durch Ueberrumpelung zu erobern gedachte, dem es darauf ankam, mit dem ersten Schritt, den er that, weithin Angst und Schrecken zu verbreiten, ließ die neuen Hilfsmittel des Krieges ihre ganze Furchtbarkeit an den Tag legen und einen gewaltigern Kraftaufwand entwickeln, als an sich wohl nöthig gewesen wäre. Unförmliche Eisencylinder, in Holzblöcke eingefügt, Bombarden, Karthaunen, Schlangen und Hakenbüchsen donnerten und sprühten Tag und Nacht, als sollte Himmel und Erde in Flammen aufgehen, und die Belagerten, nachdem sie mit vergeblicher Hoffnung auf die Hilfe des heiligen Wendelinus, die ihnen prophezeit worden war, große Standhaftigkeit an den Tag gelegt, doch jetzt das

Ende der Welt für angebrochen hielten, entschlossen sich am dritten Tage zur Uebergabe des Platzes.

Jetzt war Ruhe eingetreten. Im Hochgefühl des Sieges und unwiderstehlicher Obmacht, zugleich des herrlichsten Wetters sich erfreuend, lagerten die Truppen vor dem Städtchen, wo sich das Lager ausdehnte, vom Ufer des Flüßchens Blies an über die Wiesengründe und Hügel, Zelt an Zelt, bis zum fernen Waldgebirge hin. Hier war ein buntes, reges Leben, ein Durcheinander und Halloh ohne Gleichen. Hellebardirer und Landsknechte, Büchsenträger und Armbrustschützen, Ritter und Knechte, Söldner und Heerpflichtige, die sich um die Fahne des mächtigen Ritters, des kaiserlichen Feldhauptmanns Franz von Sickingen, aus den verschiedensten Gauen Deutschlands gesammelt hatten, wogten hier durcheinander auf und ab, oder waren spielend, zechend und singend um die Zelte gelagert in seltsamster Gruppirung. Es gab nicht leicht einen Kriegszug, dessen einzelne Theilnehmer von verschiedenartigern Interessen mochten geleitet sein: die Einen

hatte lediglich der gute Sold und die Aussicht auf
herrliche Beute herangezogen, Andere, weil es galt,
ein Pfaffenregiment zu stürzen und so der neuen
Lehre, die von Wittenberg ausgegangen, indirect
Bahn zu brechen, Andere und zwar die Ritter, die
den Kern des Heeres bildeten, waren dem Unternehmen beigetreten als Verbündete, um das Ansehen
und Interesse ihres Standes gegen die immer drü-
ckender gewordene Macht der Landesfürsten zu vertheidigen. Bei diesen, den Rittern, handelte es sich
darum, durch einen einmüthig und kräftig geführten
Schlag ihre noch vorhandene Stärke der Welt zu
zeigen, neue Bundesgenossen dadurch zu gewinnen
und eine Wendung der Dinge zu Gunsten des alten
tief gesunkenen Reichsregimentes, zu Gunsten der
Einheit und Einigkeit Deutschlands, herbeizuführen.
Doch wie abweichend voneinander auch die Interessen
waren, Alle waren einig in dem Vertrauen, welches
sie in ihren ruhmreichen Führer setzten, und die Hingebung, womit sie ihm folgten, war jetzt nach der
ersten glänzend vollbrachten Waffenthat bis zur Be-

geisterung gesteigert. Die Fahne des deutschen Rei=
ches, die hoch über seinem in der Mitte des Lagers
aufgeschlagenen Zelte flatterte, galt Manchem für
ein Zeichen, als sollte hier eine allgemein vaterländische
Sache ausgefochten werden, geeignet, auch das In=
teresse der unruhig gewordenen Reichsstädte, ja selbst
des Bauernstandes, in welchem der Funke des bald
nachher erfolgenden Aufstandes schon zu glimmen be=
gann, auf sich zu lenken.

> Franz Sickingen das edel Blut,
> Das hat gar viel der Landsknecht gut u. s. w.

war das verbreitetste Volkslied und erscholl im Lager
von St. Wendel mit immer neuem Schwung bald
hier bald dort aus unermüdlichen Kehlen.

Hier finden wir auch jenen Mann wieder, der
Eingangs unserer Erzählung als Führer Sickingen'scher
Reiter flüchtig erwähnt wurde, jenen, der unter dem
Namen „Siderokrates" die staubige Heerstraße wei=
terzog, während sein Begleiter „Sabellicus" im
kühlen Dunkel des Waldes verschwand. Er war

nach manchen Kreuz- und Querzügen, die ihn der
vorsichtige Feldherr ausführen ließ, um den Feind
zu täuschen und über das nächste Ziel seiner Truppen-
bewegung in Ungewißheit zu erhalten, noch zur rechten Zeit mit seiner kleinen Schaar bei St. Wendel
zum Hauptheer gestoßen. Eisenmenger — so
lautete sein eigentlicher Name — war der Sohn eines
Dienstmannes des Klosters Maulbronn und hatte
dort gemeinschaftlich mit Georg Faust unter der Leitung des gelehrten Abtes Entenfuß das Studium
der Theologie begonnen. Beide waren mehrere Jahre
unzertrennliche Studien- und Schicksalsgenossen. In
Heidelberg sagten sie der Theologie Valet und in
Krakau, welches damals ein Sammelplatz von Natur-
forschern, Schwarzkünstlern und Abenteurern aller
Nationen war, verlegten sie sich gemeinschaftlich auf
Naturstudien, Astrologie und Magie. In jugendlichem Uebermuth hatten sie sich zu manchem tollen
Streiche hinreißen lassen, bis Schicksal und Neigung
sie in weit auseinandergehende Laufbahnen hinein-
wies und sie nach mehreren Jahrzehnten sich im

Stegerthal, kaum einander noch erkennend, zum ersten Male wieder begegneten.

Eisenmenger, der in Franz von Sickingen, seinem Landsmann, eben so wie Faust einen Gönner besaß, hatte unterdessen von diesem über Faust's neuen Lebensplan und seine Verborgenheit im Guldenbacher Thal Näheres erfahren. Es bedarf kaum der Erwähnung, daß ʼo sich das strengste Stillschweigen auferlegten über dessen Incognito, da sie voraussahen, daß bei einer Entdeckung der berüchtigte, heillose Schwarzkünstler selbst im Gebiet eines so aufgeklärten, freisinnigen Fürsten, wie des Herzogs Johann von Simmern, nicht unbehelligt bleiben würde.

Wir sehen den bärtigen, wettergebräunten Kriegsmann im Lager vor dem Feldherrnzelt Arm in Arm mit einem schlanken jungen Ritter, Beide in Helm und Harnisch, auf- und abwandeln, dann seitwärts im Schatten eines Baumes auf eine Bank sich niederlassen.

„Die Herren machen lange!" sagte Eisenmenger,

ben Helm abnehmend und den Schweiß von der
Stirn wischend.

„Ihr könnt die Zeit nicht abwarten, um Eure
Pulverbeklemmungen an den Mann zu bringen,“
gab mit leichtem Spott sein jugendlicher Gefährte
zur Antwort; „laßt vorläufig diese Grillen, Freund,
und gebt dafür noch einige Historchen von meinem
großen, ruhmgekrönten Oheim zum Besten.“

„Ihr wißt ja mehr davon, als ich selber,“ er=
wiederte Eisenmenger mürrisch; denn er hatte schon
mehrere Mal, ohne verstanden worden zu sein, einer
in mäßiger Entfernung gelagerten zechenden Soldaten=
gruppe Winke zugesandt, und war von einer ange=
strengten dienstlichen Tour zu Roß, von welcher sie
Beide eben erst zurückgekommen, etwas müde und
abgespannt. „Hört, Junker Dieter,“ fuhr er dann
fort, „wenn Eure Thaten in der Kriegskunst so
rasch weitergetragen, vergrößert und verherrlicht
werden, wie die Eures Oheims in der Schwarz=
kunst, so wird Euer Ruhm den des Ritters Roland
bald übertreffen. Glaubt mir, die Streiche, die wir

wenigstens miteinander ausführten, waren ganz geringfügig und harmlos. Freilich hatte es für ihn einen großen Reiz," setzte er hinzu, mit dem linken Auge schelmisch blinzelnd, "einen Narren zu foppen, Einem, der's ein wenig verdient hatte, einen Schabernack zu spielen, wobei dem Taugenichts dann seine Fingergewandtheit und Wissenschaft trefflich zu Statten kam, doch that er dabei, als wenn er nicht drei zählen könnte. Sein Sprichwort war:

> Weißt Du was, so schweig,
> Ist Dir wohl, so bleib;
> Hast Du was, so behalt,
> Unglück kommt bald." — —

Unterdessen hatte ein Landsknecht vor die Bank, worauf Beide saßen, einen kleinen Tisch und darauf einen großen Krug mit Wein gestellt. Eisenmenger that einen gründlichen Zug.

"Seht, Junker," erzählte er dann mit Behagen, "in Krakau bildeten wir zusammen mit andern Gesellen eine tolle Rotte, legten die Bibel eine Weile
6*

hinter die Thür und unter die Bank, gaben uns feine Namen, er hieß Sabellicus der Zauberer, ich Siderokrates, ein Anderer Hemideus u. s. w., nahmen die Miene an, im Besitz großer Geheimnisse zu sein und ließen nicht leicht Einen ungeschoren, dessen Dummheit, Hochmuth, Ueberklugheit, besonders wenn es ein Klerikus war, uns dazu herausforderte. Mit dem Teufel aber hatten wir, hol's der Teufel! nichts zu schaffen. Einmal, erinnere ich mich, kam zu Eurem Oheim ein Fremder, der ein etwas bleifarbenes Gesicht hatte und über die Maßen böse und finster drein sah, als hätte er Gift im Leibe, da sah er ihm scharf nach den Füßen und sagte: Ich glaubte, mein Schwager, der Teufel, hätte mir wieder seinen Besuch machen wollen; nun wollte ich sehen, ob nicht die langen krummen Klauen hervorguckten. Darüber gab's nachher einen gewaltigen Lärm, weil man es für Ernst nahm, was ihm wieder großen Spaß machte. Doch später erst, als wir längst getrennt waren, erfuhr ich, daß sein Bündniß mit dem Teufel für eine ausgemachte

Sache gelte, und dachte mir, das hat der Schalk gewiß selbst die Leute wieder weiß gemacht."

„Wenn ich Euch noch lange zuhöre," sagte jetzt Dieter, eine Pause, während welcher Eisenmenger dem Krug zusprach, benutzend, „so schrumpft mir nach und nach mein Riesenoheim zu einem ganz gewöhnlichen Menschen zusammen. Wartet, da will ich Euch einmal erzählen, wie mir unser Franciscaner Gorbianus die Sache mit dem Teufel als verbrieft und versiegelt übergeben hat. Es liegt ein Wald in der Nähe meiner Heimath, der heißt Canterich. Dahin begab sich Faust, es sind jetzt grade vierundzwanzig Jahre, des Abends zwischen neun und zehn Uhr, um den Teufel zu beschwören. Auf einem Kreuzwege zog er Zauberkreise um sich her und begann die Beschwörung. Da erhob sich ein mächtiges Getöse; die Bäume bogen sich bis zur Erde und es donnerte, als ob lauter Wagen durch den Wald führen: dann wurden Pfeile auf Faust zugeschossen und er hörte eine liebliche Musik von vielen Instrumenten, auch Gesänge, und sah die

Teufel tanzen und mit Spießen und Schwertern
turniren. Wie dies vorüber war, beschwor Faust
den Teufel zum zweiten Male, und es erschien ein
Greif oder Drache über ihm; dann fiel ein feuriger
Stern herab und verwandelte sich in eine feurige
Kugel, und nachdem Faust diese dreimal hinterein=
ander beschworen hatte, nahm sie die Gestalt eines
feurigen Mannes an; der ging eine Viertelstunde
um Faust's Zauberkreis, verwandelte sich in einen
grauen Mönch und fragte Faust, was er begehre.
Faust bestellte ihn für die folgende Nacht in sein
Zimmer um zwölf Uhr. Zu Hause forderte Faust,
daß ihm der Teufel bis an seinen Tod diene, alle
seine Wünsche erfülle, unsichtbar in seinem Hause
walte, und wenn er erscheine, die Gestalt annehme,
die Faust ihm anzunehmen gebieten würde. Da=
gegen verlangt der Teufel, Faust solle sich ihm mit
Blut verschreiben, den christlichen Glauben ableugnen,
aller Christen Feind sein und sich nicht verführen
lassen, wenn man ihn bekehren wolle. Faust stellt
die Verschreibung aus. So lautet die Geschichte

nach Gorbianus, unsern Franciscaner; das hat einen andern Klang!"

„Gewiß, Junker Dieter," fiel Eisenmenger ein; „die Franciscaner haben auch das größte Verdienst um seine Berühmtheit; dagegen pflegte er zu sagen: „„Wenn ich den Teufel citiren könnte, so müßte er mir in Gestalt eines Franciscaners erscheinen."" Glaubt mir, es ist ihm böse mitgespielt worden von gelehrten und ungelehrten Herren. Jene beneideten, diese fürchteten und beide verleumdeten ihn. Wurde er nicht in Kreuznach dergestalt von seinen Neidern angeschwärzt und nicht bloß der Geisterbeschwörung, sondern der allerniedrigsten Laster angeklagt, so daß er des Landes verwiesen wurde? Da, in der äußersten Verbitterung und Noth, fing er erst an, aus seiner vermeintlichen Zauberkunst ein Gewerbe zu machen, da erst unternahm er die großen Reisen und trat vor Kaiser und König auf."

„Aber seine Liebschaften? Wie stand es damit?" fragte Dieter; „wollt Ihr die auch verleugnen? Wie

war das mit den sieben Teufelinnen? mit der schönen Helena?"

Da blinzelte Eisenmenger wieder mit dem linken
Auge und lächelte zur Seite. „Ein toller Fant war
er, gebe ich ja zu; das waren wir Alle, Alle ohne
Ausnahme!" bekräftigte er lebhaft und der Erinnerung sich freuend; „aber so viel versichere ich Euch:
mögt Ihr mit Eurem schlanken Wuchs, Eurer
Stirn, Augen und Manier, worin Ihr ihm etwas
gleicht, auch schon manchem Weibsen den Kopf ver-
rückt haben, mit dem Ohm, wie er in Eurem Alter
war, könnt Ihr Euch nicht messen; da war es, als
wenn wirklich der Teufel sie Alle für ihn behexte.
Davon mögt Ihr wohl gern noch mehr hören, nicht
wahr, Junker? Wird aber nichts gereicht! — Prosit!
So thut mir doch einmal Bescheid!"

„Nicht eher," antwortete Dieter, „als bis Ihr
mir getreu nach der Wahrheit die Geschichte von
Innsbruck erzählt habt, wie er dort bei Hofe einem
kaiserlichen Ritter, der ein schönes zugängliches Weib
hatte, als er aus dem Fenster sah, ein Hirschgeweih

an den Kopf zauberte, so daß er sich weder vorwärts noch rückwärts bewegen konnte —"

„Und der Kaiser und das Hofgesinde ihn aus= lachten?" fiel Eisenmenger ein; „nein, so war es eigentlich gar nicht — doch halt! da kommen die Herren! — Ein andermal mehr davon!"

„Sagt mir nur noch das Eine," verlangte Dieter, während Beide sich erhoben, die Helme aufstülpten und die abgelegten Schwerter zur Hand nahmen; „wo mag er sich jetzt herumtreiben?"

„Jetzt?" antwortete Eisenmenger blinzelnd und, um Zeit zu gewinnen, den Rest des Kruges langsam leerend; „jetzt soll er am Hof in Spanien sein; doch wer kann's verbürgen?"

„Eine andere Vorstellung habt Ihr mir von ihm beigebracht," sagte Dieter, mit der Hand über die Stirn fahrend; „das ist richtig — aber sein Um= gang mit dem Bösen muß doch etwas mehr sein, als was Ihr daraus macht. Können Andere ihn beschwören, warum sollte er's nicht auch können? Verkehrt ein Frommer mit sichtbaren Heiligen, warum sollte ein Taugenichts nicht mit dem sichtbaren Teufel verkehren? Alle Vetterschaft in Ehren, aber ich kann nicht leugnen, es würde mir doch etwas schwül werden, wenn der Herr Oheim eines Tages an mich herankäme und mir mit einem „Guten Tag, lieber Neffe" verwandtschaftlich die Hand reichte."

„Ha, ha! das wäre prächtig!" lachte Eisenmenger; „einen Spaß würde er sich mit Euch machen, darauf könnt Ihr Euch verlassen!" —

Rings im Lager war Lärm und Bewegung; die Soldaten ließen Karten und Würfel im Stich; Trommeln wirbelten und Trompeten schmetterten. „Vivat Franciscus!" erscholl es von einem Ende bis zum andern.

Fünfundzwanzig kaiserliche Cürassirer, die Leibwache des Feldhauptmanns, ritten an der Spitze des Zuges. Dann folgte er selbst, umgeben von den Vornehmsten seiner Verbündeten, inmitten der Hauptleute, Grafen und Herren, die zu dem Ritter wie zu einem Fürsten emporsahen, und schritt seinem

Zelte zu. Er kam von St. Wendel, hatte dort in der kurfürstlichen Burg einen Rath gehalten und über die Kriegsgefangenen, die von Trier dem Städtchen zu Hilfe gekommen waren, zu Gericht gesessen.

Eisenmenger und Dieter, die über das Ergebniß einer in der Gegend vorgenommenen Recognoscirung zu berichten hatten, traten ihm entgegen und wurden mit freundlichem Gruß und Handschlag empfangen. Nach kurzer Unterredung schlossen sie sich den Uebrigen an.

„Ein Weiteres nachher!" rief er ihnen zu und wendete sich zu seinen Begleitern, die sich vor dem Zelt um ihn her gruppirten.

„Ihr hättet in der Stadt zugegen sein müssen!" sagte einer derselben zu Dieter; „Fränzchen steuert direct auf den Kurfürstenhut los."

„Wer sagt ihm das nach?" fiel ein Anderer dazwischen.

„Hattet Ihr keine Ohren?" entgegnete der Erstere; „wenn ich meinen Sitz unter den Sieben werde eingenommen haben," sagte er zu den gefangenen Edeln, „und Ihr folgt meiner Fahne, so werdet Ihr bessern Lohn empfangen als bisher."

„So lauteten nicht seine Worte!" riefen Andere dazwischen und ein Streit entspann sich.

„Gesagt oder nicht gesagt; es lebe Franciscus!" rief Eisenmenger hinzutretend und den Streit schlich= tend. — „Doch was gibt's denn da? Das ist ja ein Mordspectakel!"

„Sie bringen die Hexe! die Hexe!" hörte man von allen Seiten rufen.

Eine tumultuarische Menschenmasse, Soldaten und Volk, Männer und Frauen, Kinder und Greise wälzten sich vom Städtchen her durch's Lager vor Sickingen's Zelt. An der Spitze schritt, von zwei Gerichtsdienern geführt, mit Ketten belastet, ein junges Weib. Dicht hinter ihr folgten Notarius, Schöffe, Richter und Henker.

Sickingen und die Seinen bildeten einen Halb= kreis, als sie sich näherten.

Da verließ der Schöffe den Haufen, trat vor Sickingen und sprach mit demuthvoller, unterwürfiger

Geberde: „Ehrenfester Ritter, gnädigster Herr! Wir kommen, um uns von Euch die Erlaubniß zu erbitten, an einer Verbrecherin den Richterspruch zu vollziehen, der, bestätigt vom Landesherrn, schon gestern vollzogen worden wäre, hätte nicht die Beschießung der Stadt es verhindert. Das Weib, der Hexenkunst überführt und geständig, wurde neben andern Verbrechern, einem Mörder und zwei Straßenräubern, in dem Thurm der Stadtmauer, die jetzt darniederliegt, eingeschlossen. Als der Sturm gegen unser Städtlein losbrach und der Thurm zu wanken begann, hielten wir für heilige Pflicht, all' unser Augenmerk auf sie zu richten, und so gelang es unter Gottes Beistand, sie festzuhalten, während ihre drei Mitgefangenen in der Verwirrung entsprangen. Jetzt vergönnt, gnädigster Herr, daß die Gerechtigkeit ihren Lauf an ihr nehme!"

„Führt sie näher und löst ihr die Bande!" befahl Sickingen.

Es geschah.

Da stürzte die Entfesselte ihm zu Füßen.

„Herr, ich bin unschuldig!" rief sie mit bebenden Lippen; „bei meiner Seelen Seligkeit, ich bin unschuldig!"

Er hieß sie aufstehen und verlangte nähern Aufschluß.

Da trat der Notarius vor, entfaltete eine Rolle und las, während rings die tiefste Stille herrschte, das Protocoll vor, welches wörtlich so lautete:

Nachdem Marianne, des Jakob Scharpfe Frau, aus St. Wendel, von etlichen zu St. Wendel des Zaubereilasters wegen hingerichteten Personen, insonderheit auch von Balser's Kathrine und Steffen's Liese heftig angeklagt worden war, so ist gemeldete Marianne den 5. Augusti Anno 1522 gefänglich zu St. Wendel in's Schloß geführt, daselbst Morgens um die siebente Stunde mit Steffen's Liese confrontirt worden, welche ihr, der Marianne, in's Gesicht gesagt, daß sie, die Marianne, in ihrer Gesellschaft auf der Bolterweiler Wiese des Nachts zum Tanz gewesen und ihr auch vor Jahren geholfen habe, Becker's Tochter Jule zu bezaubern und umzubringen,

mit Hinzufügen, sie, Marianne, wisse es ja noch
besser, sie möge bekennen und ihre Seele nicht ver-
dammen. Darauf wurde dieselbige Marianne mit
allem Ernst in der Güte befragt, und als sie Argwohn erregende Geberden von sich gegeben, um sich
gesehen und halsstarriger geworden, so wurde sie
dem Nachrichter befohlen, angebunden und ein wenig
der Folter unterworfen. Worauf sie sagte, sie wolle
die Wahrheit bekennen, erbete sich aber Frist bis
morgen. Folgenden Tages früh ist sie abermals
vorgenommen worden, sagte aber, sie sei nicht ver-
führt worden, es sei ihr auch dergleichen Zeit ihres
Lebens nicht vorgekommen. Darauf ist die Beklagte
dem Nachrichter nochmals befohlen, angebunden und
der Tortur unterworfen, peinlich befragt und exa-
minirt worden, hat aber nichts bekannt. Da ist sie
sitzen geblieben bis zu 1. Septembris. Als sie da
wieder angebunden und der Tortur stärker unterworfen wurde, da hat sie um sich gesehen und gesagt: Der Teufel sei eines Nachts in eines Jüng-
lings Gestalt, mit schwarzen Kleidern bekleidet, an

ihr Bett gekommen, habe sie getröstet und gesagt,
wenn sie ihm folgen und von Gott abstehen wollte,
so wolle er ihr aus aller Beschwerniß helfen und
Geld und Gut genug geben; sie habe nun als eine
schwache junge Frau demselbigen Teufel versprochen
zu folgen. Alsbald hat derselbige Teufel ihr den
Chrisam aus der Stirn gekratzt, sie wußte nicht,
ob es blutete, und dann sein Wesen mit ihr gemacht
und sich Häßlich genannt und sie Schönchen
geheißen. Ueber ein Tag oder vier ist er wiederge=
kommen und ist sie mit ihm auf einem Besen nach
dem Bolterweiler Hag am Springborn zum Tanze
gefahren, daselbst seien viele vornehme Leute und
Frauen, auch viele aus Trier, gewesen; Alle haben
links herum getanzt in des Teufels Namen in der
Luft; Jede mit ihrem Buhlen. Nach dem Tanz hätten
sie zusammen am Tisch gesessen, aus silbernen Ge=
schirren gegessen und getrunken genug, außer Salz
und Brot; woher Alles gekommen, kann sie nicht
sagen. Endlich seien sie übereingekommen, Alles zu
verderben, als Wein, Korn, Aecker und Obst; es ist

ihnen aber nicht allemal gerathen, denn wenn eine „Gott" gesagt, war ihr Spiel gebrochen. Wenn die Glocken läuteten, konnten sie auch nichts ausrichten und sagten, wir arbeiten jetzt nicht, denn die Hunde bellen. Es hat ihr der Teufel auch einstens auf dem Tanzplatz schwarze Schmiere gegeben, sich damit zu schmieren, wenn sie zum Tanz oder Irrgang fahren oder etwas bezaubern wollte. Hat auch auf des Teufels Verführung etliche Mal das Hochwürdigste Sacrament des Altars verunehrt, es herausgenommen und in ihr Schmiertöpfchen in des Teufels Namen gesteckt. Ist nur drei Jahre dabei gewesen neben Steffen's Liese, Balser's Kathrine und Werner's Traud, und in Werner's Haus haben sie zusammen des Nachts ein Herzchen von einem ungetauften Kindchen gesotten und gebraten und gegessen. Auch hat sie bei dem nächtlichen Tanz die in St. Wendel schon früher Hingerichteten gesehen.

Demnach wird in Criminalsachen gegen Marianne, des Jakob Scharpfe Frau, zu St. Wendel, auf vielfältige Anklage, Confrontation und übergebene Klage

punkte und dann von Amtswegen durch den Edeln
Hans Wallbaum, Amtmann zu St. Wendel, ge=
thane Anklage, und auf der Beklagten eigenes Be=
kenntniß — vermöge des heiligen römischen Reiches
Halsgerichtsordnung durch dieses Hofgerichtes
Schöffen und Geschworene zu Recht erkannt, daß ge=
meldete Marianne, so auf diesem Gericht steht, ihrer
begangenen und bekannten Uebelthaten und Zauberei
halber mit dem Feuer vom Leben zum Tod zu
strafen und hinzurichten sei, dazu sie, Marianne,
dann hiermit endlich verwiesen und verurtheilt wird,
Gott dem Allmächtigen die Seele empfehlend. Nach
Auslassung dieses Urtheils hat der Hochgerichtsmeier
den Stab gebrochen und die Person dem Nachrichter
befohlen.

Gegeben zu St. Wendel den 5. Octobris
Anno 1522.

Bomfeld, Notarius.

Als der Notar geendet hatte, entstand ein leises,
hundertstimmiges Gemurmel, bis Sickingen nach
langem Kampfe mit sich selbst, wie man ihm an=

merkte, das Wort ergriff und mit bewegter Stimme sagte: „Wir sind nicht gekommen, um in den Gang der Gerechtigkeit einzugreifen. Untersuchung und Urtheil sind in Form Rechtens und eine weitere Bestätigung unsererseits ist nicht vonnöthen. Doch auch Eure Meinung, edle Herren, wünsche ich zu hören!"

Mit diesen Worten wandte er sich an die ihn umstehenden Edeln.

Von Neuem und noch stärker als vorher erhob sich das Getöse der Volksmasse und man konnte einzelne Stimmen des Beifalls wie des Widerspruchs unterscheiden.

Eisenmenger und Dieter hatten bis jetzt still und mit der größten Aufmerksamkeit der Verhandlung zugehört. Jetzt aber schlug Ersterer mit der Rechten auf den Griff seines Schwertes: „Hölle und Teufel, das darf nicht geschehen," raunte er dem Freunde zu, „oder wir verdienen, mit Koth von den Pfaffenknechten aus dem Lande hinausbombardirt zu werden!"

„Stille!" sagte Dieter; „da sehe ich Einen vor-

treten, der Euren Empfindungen Ausbruck zu ver=
leihen besser im Stande ist als Ihr. Seht, wie
seine sonst so bleichen Wangen glühen, seine Augen
blitzen!"

Aus der Umgebung Sickingen's trat ein Ritter
vor, klein von Wuchs, schmächtig, ja krankhaft an=
zusehen, aber als er winkte, um Ruhe zu gebieten,
mit der Miene und Stellung eines Recken, der zum
Kampf auf Leben und Tod bereit ist, da schien er
alle Umstehenden an Kraft und Größe zu überragen.

„Hutten! Hutten!" hörte man flüstern, und
lautlose Stille trat wieder ein.

„Ihr habt uns aufgefordert zu sprechen," wandte
er sich an Sickingen; „dank' Euch, edler Herr, für
diese Stunde! Dank' Euch dafür im Namen der
Sache, wofür wir fechten! Dank' Euch dafür, im
Namen der Menschheit! Ein Segen des Himmels
ist jeder Hieb Eures Heldenschwertes, so Ihr damit
niederschmettert die Wächter dieser Mörbergruben,
so Ihr damit Bahn brecht in diese finstern Bollwerke
des Trugs, der Sünde und der Schande!

Armes, unglückliches Weib, Du sollst nicht fallen als ihr Opfer! Sie sollen Dich nicht schleudern in die Flammen, die von Dummheit und Aberglauben, Habgier und Rachsucht aufgeschürt sind! Sei getrost, Dein Schutzengel schwebt über Dir!

Wir haben Anklage, Untersuchung und Urtheil gehört; Alles in optima forma, Alles hat seine Richtigkeit, kein Jota fehlt im System: Angeklagt ist sie von Hingerichteten; fragt sie nach den Beweisen; der Tod hält ihre Lippen verschlossen. Bekannt hat sie nach dreimaliger Folter; wohlan, ich will Euch zeigen, wie viele Zauberer es gibt! Ergreift die Mönche alle, wie sie da ziehen durch die Welt, zeiht sie der Zauberei, spannt sie auf die Folter und sie werden bekennen; sträuben sie sich, so kerkert sie ein, beschwört und foltert sie von Neuem — und sie werden bekennen; hilft ihnen ihre Kunst, stärkt sie ihr Teufel, so steigert die Peinigung — und sie werden bekennen! Wollt Ihr der Zauberer noch mehr, so ergreift die Prälaten der Kirche, die Stiftsherren und Doctoren — sie werden bekennen.

Wollt Ihr deren noch mehr, so will Euch selbst ich foltern, dann Ihr mich, wir werden bekennen — und Alle sind' wir Zauberer! — Und was hat sie bekannt? Etwas Anderes, als was das System von ihr fordert? als was Alle in gleichen Nöthen gesagt? etwas Anderes, als was ihr auf die zuckenden Lippen gelegt worden? Auch die früher Gerichteten muß sie gesehen haben als Theilnehmerinnen am nächtlichen Tanz, damit die Richter auch in Betreff jener ihren Spruch gerechtfertigt finden und ihr Gewissen beruhigen! Schmach über das Lügengewebe! Schmach über den Frevler auf höchster Stelle, der es sanctionirt hat! Schmach über seine Diener, die es handhaben! und dreimal Schmach über den Geist des Jahrhunderts, das es erträgt!

Hebe Dich auf vom Boden, jammervolle Dulderin! Franciscus von Sickingen, des Kaisers Feldhauptmann und Rath, der Kämpfer für Recht und Wahrheit, der Hort der Bedrängten und Verlassenen, hat Dich unter seinem Schirm, Du bist geborgen vor Deinen Feinden!

Und Ihr, Schöffen, Richter und Volk, gehet heim und verkündet: Der Tag ist im Anbruch, der die Gespenster verscheucht und Eule und Uhu in ihre Löcher jagt. Rückt am Pfluge und hämmert die Sense, denn es gibt Arbeit, wenn die Sonne auf das Feld scheint. Hier steht der Mann, der Euch die Wege ebnet, die zum Acker führen! Heil Sickingen! Heil seinem ruhmreichen Banner!"

„Heil Sickingen!" erscholl es aus tausend Kehlen und pflanzte sich fort von Schaar zu Schaar durch den Wiesenplan bis zum fernen Gebirge.

Sickingen stand lange ruhig da, stumm, den Blick auf den Boden geheftet, die Stirn gefaltet; dann sah er empor, drehte sich seitwärts und sprach: „Hat einer von meinen Bundesgenossen, Mitkämpfern und Freunden gegen Ritter Ulrich von Hutten einen Widerspruch, so trete er vor."

Als sich Keiner rührte, trat er vor die Verurtheilte, die wieder auf den Knieen lag, hob sie auf und sprach: „Leben und Freiheit ist Dir geschenkt, kehre heim und preise Gott!"

Da stürzte sich ein Mann durch's Gewühl, zwei Kinder zarten Alters, einen Knaben und ein Mädchen nach sich ziehend, scheu und wirren Blickes umherforschend.

„Hier!" rief ihm Sickingen zu und deutete auf die Freigegebene.

„Mein Mann! o meine Kinder!" rief sie zitternd und preßte die Kleinen unter heißen Thränen an ihre Brust.

„Herr Dieter," sagte Eisenmenger, dem eine Thräne im Auge quoll, „kommt, laßt uns zurück an unsern Tisch; ich werde weich wie eine Memme."

Jauchzend wogte die Menge hin und wieder. „O Sickingen, Du edel Blut!" sangen die Krieger. Still zogen Vater, Mutter und Kinder durch ihre Reihen nach der Stadt, von einigen treugebliebenen Freunden begleitet.

Doch einstimmiges Lob ward der Freisprechung keineswegs zu Theil. Nicht Wenige schlugen scheu das Kreuz, als die kleine Schaar an ihnen vorüberging.

„Die," hörte man einen Bürger zu seinem Begleiter sagen, „hat sie Alle behext, erst den Hutten, das saht Ihr an dem Eifer; womit er sie vertheidigte, dann die Andern, dann den Sickingen. Gott sei bei uns! Seht Euch vor, es kommt eine böse Zeit!" —

Nieder sank die Sonne hinter dem fernen Moselgebirge. Ruhe trat ein in Stadt und Lager. Auch Eisenmenger und sein Freund hatten ihre Humpen verlassen und müde ihre Schlummerstätte aufgesucht.

Früh am andern Morgen finden wir Erstern mit Sickingen vor dessen Zelt in eifrigem Zwiegespräch.

„Eure Sorgfalt in Ehren, doch Ihr seht zu schwarz," sagte Sickingen; „die Besatzung ist schwach und der Trierer Bürger des Waffenwerkes gänzlich entwöhnt."

„Aber unser Pulvervorrath, wenn wir es dort machen wie hier, ist in acht Tagen zu Ende," antwortete Eisenmenger.

„Das wird sich finden."

„Gnädiger Herr, hört meinen Vorschlag: Da haust Einer im Guldenbacher Thal, der weiß das Zeug zu verfertigen wie kein Anderer; fordert ihn dazu auf, er ist Euch verpflichtet. Der Transport von dort nach Trier ist leicht, und alle Verlegenheit hört auf.“

„Den Faust meint Ihr; hm, dann wäre er ja wirklich der Zauberer, wofür er verschrien ist.“

„Nein, nein! Er schafft es auf ehrlichem Wege. Aber Eile thut Noth, ihn zu gewinnen.“

„Gut, so steigt in den Sattel und schont die Mähre nicht, denn in zehn bis zwölf Tagen liegen wir vor Trier.“

„Gebt mir seinen Neffen Dieter mit, der kann dabei nützlich sein.“

„Er kennt ihn ja nicht, wie Ihr sagt, und soll ihn auch nicht kennen.“

„Trotzdem wird er uns von Nutzen sein.“

„Es sei! Macht ihm meinen Willen bekannt!“

Damit schloß Sickingen die Unterredung. Eisenmenger entfernte sich.

Es wurde ein Mann aus St. Wendel gemeldet, der Gehör wünschte.

„Ah, Ihr seid es, Scharpfe," rief ihm Sickingen entgegen, als er vortrat, „der Mann der freigesprochenen —"

„Frei gesprochen, gnädigster Herr," fiel der Angeredete mit einem schweren Seufzer ihm in die Rede, „aber, ach! nicht frei geworden. Wir hatten ein Haus und einen Acker, der uns ernährte, und Vieh und Geräthschaft — das Alles ist confiscirt und wir sind Bettler; wir hatten einen guten Namen — der ist verloren, denn sie deuten mit Fingern auf meine Frau und fliehen sie, und wenn Ihr fort seid, fällt sie zurück in die Hände ihrer Verfolger."

„Wie hoch ist Euer Vermögen geschätzt?" fragte Sickingen.

„Auf zweihundert rheinische Gulden."

„Hier zu Land ein schönes Sümmchen!"

„Aber der Hauptgrund unserer Verfolgung."

„Ihr sollt die Summe von mir ausgezahlt erhalten; Euer Fiscus soll sie mir zurückerstatten. Dann wandert Ihr hinüber in's Herzogthum Simmern unter unserm Geleit und mit einem Schreiben von uns an den Herzog; der wird Euch bei Eurer dortigen Ansiedlung kein Hinderniß in den Weg legen."

Der Mann wollte danken, aber vermochte es nur durch Geberden, da die Freude seine Worte erstickte.

Eisenmenger und Dieter sprengten reisefertig auf den Platz. Sickingen ließ sie nicht lange warten.

„Hier auch noch einen Auftrag für Euch an den Herzog," wandte er sich an Dieter und übergab ihm ein Schreiben. „Und nun Gott befohlen! Vor Trier ein Weiteres!"

VI.

Unterdessen hatten sich die Dinge in der Guldenbacher Mühle friedlicher und freundlicher gestaltet. Faust = Berthold war in voller Bauthätigkeit begriffen; Zimmerleute hatte er sich von Bingen kommen lassen, Handlanger lieferte das nahe gelegene Dörfchen Dichtelbach, und so führte er mit großer Rührigkeit sein Werk der Vollendung entgegen. Doch, wie es beim Bauen zu gehen pflegt, eine Veränderung zog die andere nach sich. Berthold hatte sich bald überzeugt, daß auch das Innere der Mühle theils schadhaft, theils in einer Weise construirt war, die den um jene Zeit in der Mühleneinrichtung gemachten Fortschritten nicht mehr entsprach. Er hielt es daher für zweckmäßig, jetzt, wo ohnehin der Betrieb wegen des äußern Umbaues stockte, auch im Innern die erforderlichen Verbesserungen vorzunehmen. Es handelte sich darum, eine neue, erst kürzlich erfundene Methode einzuführen, nach welcher das Getreide, während es bisher durch's Mahlen bloß in Schrot gespalten, noch besonders gesiebt werden mußte, jetzt sofort durch die Mühle selbst in völlig enthülstes Mehl verwandelt wurde, eine Einrichtung, welche dem Müller Stumpf so wenig einleuchten wollte, daß er sich widersetzte, bis Frau Adelheid entscheidend dazwischentrat. Freilich hatte die Sache auch für sie anfangs ein Bedenken, aber aus einem ganz andern Grunde. Die Verwandlung des Korns in Mehl, ohne menschliches Hinzuthun im mysteriösen Schoß der Mühle vollzogen, hatte etwas so Auf=fallendes, daß es keiner Verhältnisse wie die zwischen der Frau Adelheid und ihrem Sohne bedurfte, um die heimliche oder vielmehr unheimliche Mitwirkung irgend eines Koboldes zu argwöhnen. Kurz, ein düsterer Schatten stieg wieder auf in der Seele der so viel Geängstigten, aber eben nur ein Schatten.

Denn nachdem Berthold ihr die Art der Vorrichtung genau auseinandergesetzt hatte, was ihm bei ihrem klaren Verstande ein Leichtes war, wich ihr Verdacht nicht bloß, sondern ihr Vertrauen zu ihm fing an, nach und nach so zu wachsen, daß schon Agnes nicht mehr nöthig hatte, bei ihr auf ihrem Zimmer zu schlafen. Ja, der Umgang mit ihm hatte bald etwas Tröstliches für sie, Anwandlungen der Angst hatte sie nur noch, wenn er etwas lange ausblieb oder überhaupt entfernt war; als eine wahre Stütze ihres Hauses fing sie an ihn zu betrachten. Agnes selbst hatte nicht wenig hierzu beigetragen. Es war auffallend, mit welch einem kindlichen, rückhaltslosen Vertrauen diese von Anfang an dem neuen Haus= genossen entgegentrat; es war, als hätte ein dunkles Gefühl sie den Verwandten in ihm ahnen lassen, als hätte sie bekannte Züge in ihm entdeckt, die die angenehmsten Erinnerungen in ihr erweckten.

Eine störende, widerwärtige Erscheinung war der Franciscaner Gorbian, der in der letzten Zeit seine

Besuche in der Mühle über die Gebühr vermehrt und Frau Adelheid in Aufregung zu erhalten gesucht hatte. Auf die Steigerung ihres Grams um den Sohn, auf die Furcht vor dem Fluche, der nach seiner Darstellung auf ihr und ihrem ganzen Hause ruhte, gründete er mehr als einen wohldurchdachten Plan. Berthold aber, der ihn völlig durchschaute, benutzte eine sich darbietende Gelegenheit, ihm die Rolle, die er spielte, etwas zu verleiden.

Schüchtern und verlegen trat nämlich eines Tages Agnes zu Berthold mit der Frage: ob denn auch er glaube, daß der Sohn der Base Adelheid sich jetzt schon in der Hölle befände und daß er durch Gebete noch aus derselben herausgerissen werden könnte? „Pater Gordian," sagte sie, „behauptet, die Nachricht von seiner Höllenfahrt wäre zwar noch nicht eingetroffen, aber man müsse sie als sicher annehmen, da seine Frist verstrichen sei, und man könne jetzt noch Manches zur Linderung für die arme Seele thun.

Kennt Ihr," fuhr sie etwas zögernd fort, „die

kleine verfallene Capelle, die dort unten im Busche steht seitwärts vom Bach?"

Berthold bejahte es.

„Sie ist dem heiligen Gebhard geweiht, wird aber gar nicht mehr besucht, weil sie in Verfall gerathen und weil es nicht geheuer in der Gegend ist. Morgen haben wir St. Gebhardstag; nun soll ich am Abend, wenn es dunkel geworden wäre, allein einen Bittgang dahin machen, will Gordian, um dort bei dem Heiligen Gnade für die Seele meines Vetters, des in Verdammniß schmachtenden Dr. Faust, zu erflehen. Mein Gebet, sagte er, hätte mehr Kraft als hundert andere; auch werde er selbst zugegen sein, mich zu unterstützen. Ich will es gern thun, wenn's helfen kann, mag's noch so spät sein, denn vor Gespenstern fürchte ich mich nicht bei einem frommen Werk, aber — vor — — vor —"

„Vor Pater Gordian," fiel Berthold ein.

„Ja, vor ihm —" fuhr sie stotternd fort, „weil — weil er allein mit mir dort sein will!"

„Haſt Du ihm verſprochen hinzugehen?“ fragte Berthold, eine Zornesaufwallung unterdrückend.

„Nein, aber er kommt heute wieder und wird von Neuem in mich bringen,“ antwortete Agnes.

Berthold ging längere Zeit in der Stube auf und nieder, über einem Plan brütend.

„Höre, Agnes,“ ſagte er dann, „verſprich ihm zu kommen; aber ich werde dann ſtatt Deiner gehen.“

Erſtaunt ſah ihn das Mädchen an. „Was ſollte das für ein Ende nehmen?“ fragte ſie geſpannt und zweifelnd; „wie wird er Euch anfahren und mich nachher ſchelten!“

„Vertraue mir, Agnes, und thue wie ich Dir ſage! Er wird Dich nicht ſchelten; ich nehme Alles auf mich. — Aber der Baſe mußt Du nichts davon ſagen; ſie ſoll es ſpäter erfahren.“

„Agnes verließ ihn mit dem Verſprechen, es zu machen wie er befohlen hatte. Sie fühlte ſich erleichtert, weil ſie des Bittgangs überhoben war, aber auch sehr geängstigt und gequält durch den Gedanken an den Zorn des Paters Sorbianus.

Am andern Tage, als der Abend kam, hörte sie wohl von außen, wie Herr Berthold in seinem Zimmer an der großen Kiste beschäftigt war und sie auf = und zuschloß. Sie sah ihm mit klopfendem Herzen nach, als er endlich fortging nach der Capelle. Doch war sie froh darüber, denn sie hatte geglaubt, Berthold habe, beschäftigt mit andern Dingen, sein Versprechen ganz vergessen.

Berthold aber war nichts weniger als saumselig. Es galt ja noch einmal, vielleicht zum letzten Mal, einen auf Täuschung berechneten Gebrauch von seiner Kunst zu machen, wobei aber nicht zu leugnen, daß die ihm tief inwohnende, in seinem frühern Leben oft allzu leichtfertig befriedigte Neigung, Thoren zu foppen, Frevlern einen Streich zu spielen, besonders aber der verketzerten Intelligenz über die aufgeblasene Dummheit einen heimlichen Triumph zu verschaffen, noch einmal mit alter Lebhaftigkeit in ihm aufloderte.

Auf der Mühle ging Alles zur Ruhe, nur Agnes blieb unter einem Vorwand auf und harrte lange, lange Stunden, bis Berthold zurückkehrte.

„War er da?“ fragte sie ihn in höchster Spannung.

„Er war da und ist wieder fort und wird wohl nicht mehr wiederkommen!“ antwortete Berthold.

„Nicht mehr wiederkommen? Warum nicht?“

„Ich habe ihn zur Rede gestellt und ihm das Unrecht vorgehalten, daß er Dich und die Base so oft ängstigt. Da gelobte er mir, es nie wieder zu thun.“

„Was tragt Ihr denn da unter dem Mantel?“

„Es ist ein Kasten mit einer Falle gegen Marder und Iltis, die ich draußen aufgestellt hatte. — Gute Nacht, Agnes!“

„Gute Nacht, Herr Berthold! — Thut leise, daß Ihr die Base nicht aufweckt!“ —

Am folgenden Tage befand sich Berthold wieder auf dem Wege nach Stromberg, den er theils in den Angelegenheiten seines Baues, theils in andern gewerblichen Interessen gar oft zurücklegte. Dem

Dominicaner Bruno war er allmälig näher getreten. Nicht bloß ihr gemeinschaftliches Streben, die Gesetze der Natur zu erforschen und aus ihnen, im Gegensatz zu der in starre Dogmen krankhaft versunkenen Menge, die Lebensregel für den Menschen herzuleiten, sondern auch der Umstand, daß sie Beide gezwungen waren, wenn auch aus sehr verschiedenen Ursachen, vor der Welt sich zu verhüllen, vor einander selbst aber die Hülle ablegen konnten, begründete zwischen ihnen ein freundschaftliches Verhältniß. Gleichwohl waren es an sich zwei einander sehr unähnliche Naturen und dadurch auch in ihrer innersten Anschauung der Dinge auf sehr verschiebenen Standpunkten. Kam Bertholb nach Stromberg, so pflegte ihn Bruno an schönen Abenden auf dem Rückwege zu begleiten. Der abendliche Reiz der herrlichen Landschaft, der Friede des stillen Thales, der plaudernde Bach, bald im Mondlicht schimmernd, bald von düstern Erlen überschattet, dies Alles war geeignet, das Gemüth zu erweichen, einen innigeren Verkehr zu befördern und von den

Tagesinteressen hinweg zu tiefer liegenden Fragen zu leiten. Mönch und Jäger tauschten Gedanken aus, wie sie nicht leicht Einer bei Männern des Waidwerks oder des Klosterberufs vorausgesetzt haben würde.

Auch heute wanderten sie zusammen durch's Thal, nachdem es Abend geworden und Berthold seine Geschäfte in Stromberg beendet hatte. Bruno theilte ihm mit, daß Pater Gorbianus heute in aller Frühe mit Sack und Pack von Stromberg abgereist sei, ohne daß sich Jemand diesen seltnen plötzlichen Entschluß erklären könne. Es müsse etwas dahinter stecken, fügte er hinzu, wovor man wohl auf der Hut sein dürfe.

„Auf der Hut müssen wir immer sein," antwortete Berthold, „aber von Gorbianus haben wir wohl in diesem Thale nichts mehr zu fürchten. Ich habe eine kleine Cur mit ihm versucht, die, wie ich merke, anschlug."

Berthold erzählte nun den Vorfall mit Agnes, so weit er auch uns bekannt ist.

„Ihr wißt," fuhr er dann lächelnd fort, „daß ich meinen Hauptruhm als Zauberer den Wirkungen der Laterna magica verdanke."

„Wohl weiß ich das," antwortete Bruno, „und bin längst überzeugt, daß Ihr nur mit ihrer Hilfe die trojanischen Helden den Gelehrten in Erfurt, sowie die verstorbene Gemahlin dem Kaiser Maximilian in Augsburg habt erscheinen lassen. Wie Ihr es damit zu dieser Vollkommenheit gebracht habt, weiß ich nicht. Doch was hat dies mit Pater Sordianus für einen Zusammenhang?"

„Geduld! — ich habe einen Rest meines Schwarzkünstlerapparates mit auf die Mühle gebracht, darunter auch die Zauberlaterne, und zwar nur als Zeichen der Erinnerung an frühere Zeiten und etwa zu Studien in müßigen Stunden. Und doch wurde ich versucht, noch einmal einen ernstlichen Gebrauch davon zu machen, und zwar nicht um Gelehrte zu äffen oder bei einem Kaiser zu imponiren, sondern um einen Bösewicht zu züchtigen. Hört, wie es ablief! — Also er hatte das Mädchen in die verfallene Gebhardscapelle bestellt. Der einsame Ort und die abendliche Stunde waren in hohem Grade zu seinem, aber auch nicht minder zu meinem Vorhaben geeignet. Rechts vom zerfallenen Eingange in der Capelle war eine noch ziemlich gut erhaltene Wand. Ihr gegenüber, in völliges Dunkel gehüllt, postirte ich mich mit meinem Apparate, nachdem ich den Tag über alles Erforderliche in Bereitschaft gesetzt hatte. Nach eingetretener Dunkelheit — ein feiner Regen rieselte vom Himmel herab — vernahm ich alsbald leise Tritte von Außen; Gordianus schlich in die Capelle und ließ sich auf einen Stein nieder. — Was nun geschah, könnt Ihr Euch ungefähr vorstellen."

„Ihr ließet ihm wohl die schöne Helena erscheinen, um ihn für Agnes schadlos zu halten?" sagte Bruno.

„Das grade nicht, aber einige andere minder anziehende Wesen aus dem Fabellande."

„Nun, heraus damit!"

„Aber versprecht mir, mit dem erforderlichen Ernst und der gebührenden Andacht zuzuhören."

„Ich verspreche es."

Berthold, in welchem jetzt bei der ausführlichen Darstellung des Abenteuers der alte, schelmische Dr. Faust ganz wieder zu erwachen schien, erzählte mit einer Lebhaftigkeit und in einer Ausdrucksweise, die in die Glanzperiode seiner tollen Streiche versetzte.

„Wie also der tugendsame Pater," sagte er, „in der düstern Capelle dasaß, lugend und lauschend, auf's Aeußerste' gespannt, vielleicht auch in wehmüthiger Besorgniß, der fallende leise Regen könne ihm einen Strich durch die Rechnung machen — da zuckte plötzlich ein Lichtschimmer durch's Gemäuer hin; Gorbianus stutzte — es zuckte ein zweiter und dritter Strahl mit gesteigertem Glanze und begleitet von einem heftigen Knall. Gorbianus fuhr empor von seinem Sitz und sank nieder auf ein Knie. Finsterniß trat wieder ein, schwärzer als zuvor, da aber stieg eine Gestalt in bläulichem Lichte aus der Erde, in ein Leichentuch gehüllt, eine Sense in der Hand; das Tuch fiel ihr ab — siehe, es war der

Tod, ein furchtbares Gerippe mit grinsender Geberde. — Heiliger St. Gebhard, steh' mir bei! schrie Gordianus; sein liebeheißes Blut schien abgekühlt, er gab der Vernunft Gehör und bewegte sich seitwärts nach der Pforte, um zu entfliehen.

Da aber zischte ein feuriger Drache empor, als käme er von Außen, und spie ihm glühende Funken entgegen. Gott, sei mir Sünder gnädig! Gebhard, heiliger St. Gebhard! rief Gordianus, vom Schrecken überwältigt und sank zu Boden.

St. Gebhard blieb aus; es wurde abermals stockfinster und als Gordianus wieder sich regte, siehe, da stieg in blutrothem Lichte Satanas selbst in hocheigener Person vor ihm auf wie aus dem Pfuhle der Hölle, gehörnt, mit dem Pferdefuß, mit glühenden Augen, mit aufgesperrtem Rachen, als suche er, wen er verschlänge, und ein mephitischer Dunst erfüllte die Capelle. Das war für Gordianus zu viel: er überschlug sich, brüllte wie ein Löwe, stieß den Kopf auf die Steine und wälzte sich, Safran und Pfeffer von sich gebend, am Boden wie

ein Besessener. Und dennoch verließ ihn die Klug=
heit nicht gänzlich, denn wie ihm Satan unerbitt=
lich näher und näher rückte, rutschte er auf dem
Bauche weiter und weiter rückwärts nach der Pforte,
erreichte sie endlich, raffte sich taumelnd empor und
stürzte in rasendem Lauf über Stock und Stein in's
Weite.

Ich schlich mich vor die Capelle und hörte noch
lange den Hall seines ununterbrochenen Trabes auf
dem Wege nach Stromberg, dann raffte ich mein
Geräth zusammen und begab mich wieder heim
nach der Mühle."

Bruno konnte bei Berthold's Schilderung der
tragikomischen Scene sich trotz seines Versprechens
des Lachens nicht enthalten. Gleichwohl war die
Heilmethode seinem System nicht entsprechend, was
er sofort dem Freunde zu erkennen gab.

„Fauste, Fauste, bekehre Dich!" rief er aus mit
drohend gehobenem Finger. „Da habt Ihr einmal
wieder so ganz in Eurer Weise den Teufel durch
den Teufel vertrieben und Euer eigenes höchstan=

sehnliches Sündenregister um eine Nummer vermehrt! Das Guldenbacherthal mag sich Glück wünschen, auf diese Weise den Halunken vielleicht auf immer los geworden zu sein, aber ich mißbillige das Mittel."

„Wußtet Ihr ein besseres?" fragte Berthold; „wißt Ihr ein erlaubteres als das, den Gegner mit seinen eigenen Waffen zu schlagen?"

„Dem Drachen des Aberglaubens, der Euch schon so manchen nahrhaften Bissen verdankt, diesem Erzeuger aller, aller unserer Schmach und Schande, habt Ihr einen neuen Brocken zugeworfen!" antwortete Bruno.

„Es handelte sich hier um Abwehr, um Hilfe in der Noth," entgegnete Berthold; „verargt Ihr es dem nächtlichen Wanderer, den ein Wolf bedroht, wenn er ihn durch die harmlosen Funken seines Feuerzeuges in die Flucht scheucht? Offene Wehr würde nichts fruchten, im Wahn des dummen Thieres findet er seine Hilfe."

„Omne simile claudicat!" sagte Bruno lächelnd; „nicht das Thier, aber der Mensch ist der Besserung fähig, der Besserung durch Erkenntniß. Reißt der umdüsterten Menschheit die Binde des Aberglaubens von den Augen, und Alles wird anders werden!"

„So glaubt Ihr an die Möglichkeit, den Aberglauben vernichten, den Glauben aber erhalten zu können? Habt Ihr die Linie gefunden, wo dieser aufhört und jener anfängt?"

„Ihr kommt mir zuvor, als hättet Ihr meine Gedanken errathen," antwortete Bruno. „Nein, jene Linie wird nie gefunden werden, denn sie existirt nicht. Darum gilt es, auszulöschen die ganze verderbliche Flamme bis auf den letzten Funken, von dem sie ausging!"

„Und mit ihm," fiel Berthold ein, „was dem Menschen Wärme schafft, wenn ihn friert, und Licht, wenn es dunkelt? Wie nie ein Volk physisch bestanden ohne das Element des Feuers, trotz des Schadens der Feuersbrunst, so hat nie ein Volk geistig bestanden ohne das Element des Glaubens, trotz des Schadens des Aberglaubens. Und zugegeben, Ihr hättet den Willen — woher nehmt Ihr denn die Macht, es auszurotten?"

Bruno schwieg eine Weile, langsam und ge=
senkten Hauptes neben dem Freunde dahinschreitend, dann legte er die Hand auf dessen Schulter und sprach mit lebhafterer Geberde: „Weg mit dem Bilde, das den Blick verwirrt! Die Macht, die hier entscheidet, das ist die Macht der Wahrheit gegen=
über der Macht des Wahns! Der Muth nur fehlt Euch, ihr zu vertrauen, und wer den Muth der Wahrheit hat, der hat auch ihre Macht! Auf, schließt Euch den Männern an, die jetzt den Schild erheben! Luther's Wort, Hutten's Feder, Sickingen's Schwert brechen Bahn einer bessern Zeit; die Schranken sind geöffnet, der Kampf be=
ginnt an allen Orten und Enden, und Ihr wollt Euch in einen Winkel verkriechen? Habt Ihr nicht Eure erste Kraft gesogen aus dem antiken Boden der Humanität? Habt Ihr nicht, weiter bringend, die besten Stunden Eures sturmbewegten Lebens verwandt auf die Erforschung jener unerbittlichen,

überall gebietenden Beherrscherin unseres Daseins, die wir Natur nennen, die jeden Irrthum bestraft, jeden Lug und Trug zu Schanden macht? Habt Ihr nicht tiefer als irgend Einer der Lebenden hineingeschaut in die geheimnißvolle Werkstätte ihres Waltens, und Ihr wollt scheu Euer Licht unter den Scheffel stellen?"

„Ich gebe zu," versetzte Berthold, durch einen ruhigen Ton das Feuer seines Begleiters mäßigend, „auf jenem Gebiet nach eifriger Bemühung Manches erforscht und entdeckt zu haben, was Andern noch unbekannt ist; auch bekenne ich, daß ich den Willen habe, es auch Andern nach Kräften zu gut kommen zu lassen. Aber ich bilde mir nicht ein, die Menschheit zu bessern und zu bekehren. Glaubt mir, das Beste, was wir wissen, das taugt für die Menge nicht; gegen Nichts mehr wehrt sich der verblendete Haufen, als gegen die Wahrheit und ihre Verkündiger."

„Und darum wollt Ihr den Wahn nicht bloß dulden, sondern auch fördern?"

„Mein vergangenes Leben zerfällt in zwei Pe-
rioden, in der ersten habe ich den Wahn bekämpft
mit jugendlichem Eifer und unsäglichen Opfern,
aber da ich ihn unüberwindlich fand, da habe ich
ihm in der zweiten gedient zu meinem Schutz, zu
meinem und meiner Freunde Vortheil. Doch verkennt mich nicht: mein Feind hat mich für meine
kleinen Dienste über die Gebühr und über mein
Erwarten belohnt; er hat mich als einen Helden
auf seinen Schild gehoben, mich oft selbst wider
meinen Willen von Triumph zu Triumph geführt;
er hat mich geschmückt mit den Ruhmeskränzen
meiner größten Vorgänger, mich zum Träger dessen,
was seit Jahrhunderten der Aberglaube ausgeheckt,
mich zum Sündenbock aller seiner Nichtswürdig-
keiten gemacht; ja, er hat schließlich in mir das
Fleisch gewordene Princip des Bösen erblickt, in mir
des Teufels eingeborenen Sohn, der als Mensch
unter den Menschen wandelt, um das Evangelium
der Hölle auf Erden zu verkünden. So wuchs aus
dem einfältigen Sohn dieses Thales, dem Georg

Faust, der gewaltige Magister Johannes Georg
Sabellicus Faustus, necromanticorum princeps,
Hemideus, empor. Georg Faust indessen ist heimgekehrt und wandelt hier an Eurer Seite, jener
Hemideus aber zieht draußen in der Welt umher,
verrichtet Wunder und wirbt für das Böse, auch
wird er sicherlich, sobald er nach der unumstößlichen
Logik der Gläubigen sein Werk durch ein schauer-
liches Ende besiegelt, das heißt der Teufel in Person ihn abgeholt hat, seine Zeugen, Boten und
Biographen finden, ja vielleicht noch nach Jahrhunderten die Geister, je nach der Höhe oder Eigen-
thümlichkeit ihres Standpunktes, im Glauben,
Dichten oder Philosophiren in Schwung setzen und
wer weiß wie lange darin erhalten.“

„Ihr vergeßt,“ erwiederte hierauf Bruno, „daß
eine neue Zeit im Anbruch ist, Ihr verschließt Eure
Augen für ihre Zeichen; wollt nicht eingestehen,
daß vor der wachsenden Gewalt der Erkenntniß
und Wissenschaft der morsche Tempel des Götzenthums
mit allen seinen Zierrathen zusammenbrechen muß.“

„O weiser Freund," sagte Berthold bewegt, „gebt Euch keiner Täuschung hin! Luther's Ruf bringt in's Ohr der Schlafenden, nicht aber sie zu erwecken, sondern nur ihre Träume zu beleben und in eine neue Sphäre hinüberzuleiten; Hutten's scharfe Feder ritzt die Haut, der Schläfer regt sich unruhig und will sich erheben, sinkt aber zurück in den süßesten Traum und kleine Narben bleiben übrig als Wahrzeichen; Sickingen's Schwert — o laßt das aus dem Spiel! mit ihm fliegen tausend Schwerter aus den Scheiden; schlaftrunkenen Taumels würgt der Bruder den Bruder und weiß nicht, was er thut; Wetter durchbrausen die Luft, der Boden wird getränkt, getränkt mit Blut, aber die Saat, die ihm entsprießt — wähnt Ihr, sie gleiche dem Bilde, das Eure Phantasie sich schafft? — — Besinnt Euch! Euer Ziel ist ein Phantom! Auch die Natur des Menschen hat ihr Gesetz, was könnt Ihr daran ändern? — Seht hier die Welle des Baches, wie sie am Steinblock aufschäumt und einen Augenblick hell leuchtet im Strahl des Mondes, dann wieder zurücksinkt in den dunkeln Schwall ihrer Genossen und mit ihnen dahinfließt! So wälzt die Menschheit durch Licht und Schatten ihren Strom in das Meer der Ewigkeit. Nicht die Tagessonne leuchtet ihm auf selbstgewählter Bahn, nur ein Schimmer, ein süßes Mondenlicht, streift traumhaft über seine Wellen. Und es ist — erlaubt mir den Ausdruck — ein heiliges Naturgesetz, jener Hang und Drang der Menschheit zum Idealen, der sie in Momenten hinaustreibt über sich selbst, weit hinaus über alles Wissen und Können, der sie zwingt, daß sie anfängt zu glauben, wo sie aufhört zu begreifen."

„Also die Scheiterhaufen," fiel Bruno unwillig ein, „die heute die Völker schänden, sollen fortlodern durch alle Zeiten?"

„Der Sturm," antwortete Berthold, „der, wie Ihr sagt, jetzt im Anbruch ist, wird sie nicht löschen; o, es könnte kommen, daß durch ihn und nach ihm ihre Flammen noch höher emporschlügen!"

„Der Kern Eurer Weisheit wäre demnach: laß Alles gehen auf Erden wie es geht!"

„Hört, wie ich's verstehe! Im Kleinen wirke der Mensch, ein Jeder nach seinen Kräften; er bessere an sich selbst, er schütze, nähre und belehre die Seinen und verwerthe sich auf's Beste nach seinen Gaben! Was Euch betrifft, so segne ich Euer Wirken in diesem Thale; die Folter, die Ihr dem Schuldlosen abwendet, sie ist ein sanftes Ruhekissen für Euer Haupt; die Kenntnisse, die Ihr gewonnen, sie schmücken und erquicken Euer eigenes Leben und kommen vielen Andern zu gut, die befähigt sind, sie zu fassen, aber tretet nicht hinaus damit vor die Welt, bringt ihr Eure Weisheit nicht auf, sie wird, sie kann, sie darf sie nicht vertragen! — Was mich betrifft," fuhr er nach einer Pause fort, „so bin ich jetzt im dritten Stadium meines Lebens, und habe mir mein Ziel gesteckt in den engen Grenzen dieses Thales; sie sind weit genug, ja, mehr als weit für meine Kraft und mein Streben. Ein fahrender Schüler zog ich durch die Welt, ein Meister bin ich nicht geworden, aber ein Werkmann, der den Handgriff kennt und mit dem Hammer nicht daneben schlägt; Irrwege habe ich viele durchwandert, doch endlich mich zurechtgefunden. Mich zu betheiligen an dem großen Werk, wie Ihr es nennt, fühle ich keinen Drang in mir; es geht die Welt doch nur, wie's Gott gefällt. Ist der Würfel, wie Euer Freund sagt, geworfen, so mag er rollen! seine Zeit und meine Zeit wird die Nummer nicht schauen, auf welcher er stehen bleibt, und Niemand weiß, welche Furien der Zwietracht sein Rollen erweckt. Ich aber hasse den Krieg als der Uebel größtes und sage mit Jenem, den Ihr auch unter Eure Freunde zählt: es ist besser, einen Theil der Wahrheit dahinten zu lassen, als durch die Behauptung der ganzen den Frieden der Welt zu stören."

„Es gehen hier unsere Wege auseinander!" sagte Bruno jetzt mit halb unterdrücktem Unmuth, indem er stehen blieb, da sie auch grade zusammen an einer Stelle angekommen waren, wo das Thal eine Biegung machte und sich verengte; „ich kehre zurück nach der Stadt, Ihr wandert fort in die Einsamkeit Eurer Mühle. — Nein, Freund," fügte er hinzu, indem er ihm die Hand zum Abschied reichte, „Anderes, als Ihr, trag' ich im Herzen. Ihr seid mürbe geworden durch die Jahre und bittere Erfahrung. So steht es nicht mit mir. — Gute Nacht!"

Berthold drückte ihm lächelnd die Hand nicht ohne Absicht so kräftig, daß er, wiewohl vergebens, sie ihm zu entziehen suchte.

„Ihr fühlt gewiß," sagte er scherzend, „daß diese Hand noch nicht mürbe geworden; sie könnte Euch mit mir ziehen, trotz Eures Widerstrebens, bis in die Einsamkeit meiner Mühle. Doch es ist besser, Ihr bleibt noch in Eurer Welt; Ihr kommt vielleicht von selbst zu mir. — Gute Nacht!"

Berthold wanderte langsamen Schrittes der Mühle zu, je nach den Krümmungen des Thales bald im hellen Mondschein, bald im tiefen Schatten einer der waldbewachsenen Bergvorsprünge oder hochaufragenden nackten Felskolosse. Der oft in tiefen

Schluchten verborgene, von Strauchwerk dicht über=
wobene Bach rauschte an seiner Seite hin, ein
unablässig mahnender, gesprächiger Lenker seiner
Schritte, ein Begleiter, der unterhielt, ohne zu
stören, der fesselte, ohne die Gedanken zu hindern
in ihrem freisten Umherschweifen. Als er so, in sich
selbst verloren, wie ein Träumender im Bereich der
Mühle anlangte, da wurde er mit einem Male ge=
weckt durch fremdartige, melodische Klänge, die von
der Mühle herzukommen schienen und in ergreifendster
Weise die feierliche Stille unterbrachen. Er blieb
stehen und lauschte, ging weiter und lauschte; er
unterschied Gesang und Zitherspiel, es war eine
männliche Stimme, es waren ihm bekannte Weisen,
aus längst vergangenen Zeiten herübertönend; selbst
die Stimme glaubte er schon gehört zu haben, aber
nicht hier, nicht in diesem Thale, sie erinnerte an
fremde Lande, an andere Menschen und Umgebung.

Er bog vom Weg in's Gebüsch und schlich so
nahe, als es, ohne bemerkt zu werden, möglich war,
und siehe, da saßen auf der Bank unter der Eiche,

von einem Streif des Mondlichtes beleuchtet, Agnes und ein junger Ritter, der ihre Hand in der seinen hielt, und etwas seitwärts von ihnen saß auf einem Steine der Sänger mit der Zither, aber so tief im Schatten, daß seine Gesichtszüge nicht unterschieden werden konnten.

Ueberrascht und seltsam bewegt blieb Berthold, verdeckt vom Gezweige, lange stehen, schauend und lauschend. Das junge Paar schien mehr als befreundet, schien mehr in vertraulichem Flüstern mit sich selbst beschäftigt, als den Eindrücken des Gesanges hingegeben. Der Sänger aber, darum unbekümmert, ließ laut und lauter seine Stimme erschallen und begann nach kurzer Pause ein neues Lied, das, wie das vorhergehende, in Berthold's Seele eine Welt von längst schlummernden Erinnerungen erweckte und ihn in eine Zeit versetzte, die er in strotzender Kraft, in übermüthig keckem Thatendrang als Jüngling verlebt hatte. Jede Strophe des Liedes schloß mit einem Refrain, und als die letzte Strophe erklang, ein Strahl des sich von

Neuem entwölkenden Mondes in des Sängers Ant=
litz fiel, und er in ihm seinen alten Freund Sibe=
rokrates erkannte, da trat er aus dem Versteck
hervor und fiel ein in den Gesang mit lauter
Stimme, Melodie und Worte des Refrains wieder=
holend. Erschrocken fuhr Agnes von der Bank em=
por, Eisenmenger schüttelte dem Herantretenden
lachend die Hand, schalt ihn wegen seines langen
Ausbleibens und stellte ihm den Ritter als Junker
Dieter Faust von Stromberg vor. Dieter verbeugte
sich kaum bemerkbar, während Agnes schüchtern zu
Boden sah.

„Schon lange warten wir auf Euch," sagte
Eisenmenger; „die Sonne stand noch hoch, als wir
hier eintrafen; wir vertrieben uns die Zeit, so gut
es geht; unter Eurem Geräth entdeckte ich die Zither
und Ihr wißt, ich that es einst fast Euch selber
zuvor darauf."

Berthold hieß die beiden Gäste nochmals will=
kommen. Ein von Eisenmenger erhaltener Wink
ließ ihn nicht in Ungewißheit darüber, daß sein In=

cognito aufrecht erhalten werden solle. Agnes war schon verschwunden und in's Haus gegangen; sie folgten ihr dahin nach, wo ein schon längst besorgter Abendimbiß ihrer wartete.

Am andern Tage schon in der Morgenstunde saßen Dieter, Eisenmenger und Berthold in der Mühle auf Berthold's Stube um einen Krug trefflichen Weines, den Letzterer durch einen noch Abends vorher entsandten Eilboten von Bacharach hatte kommen lassen, da ihm seines Jugendfreundes Liebe zum goldenen Saft der Reben aus alten Zeiten her noch wohl erinnerlich war.

„Wir haben uns nun vollständig unseres Auftrages gegen Euch entledigt, Herr Berthold," sagte Dieter, den Humpen leerend und ihn unwillig auf den Tisch stoßend. „Ich hoffe, daß Ihr jetzt keine weitern Ausflüchte mehr macht und unverzüglich Hand an's Werk legt!"

„Franz von Sickingen's Wunsch ist mir Befehl," antwortete Berthold; „ich werde thun, was ich kann. Aber dessen bin ich gewiß, ehe die erste

Sendung an die Mosel kommt, ist Sickingen auf dem Rückzuge."

"Meint Ihr, für Richard werde St. Gereon mit seiner Schaar in die Schranken treten?" fiel Eisenmenger ein.

"Nein," versetzte Berthold, "aber Kurpfalz und Hessen und wer sonst seinen Fürstenhut durch Sickingen gefährdet sieht. Glaubt mir, sie lassen nicht auf sich warten!"

"Ihr thut ja, als hättet Ihr im Fürstencollegium mit zu Rath gesessen; doch macht die Sache mit meinem Gefährten aus!" sagte Dieter und verließ das Zimmer.

"Höre, alter Schnurrpfeifer," begann jetzt Eisenmenger, als er sich mit Berthold allein befand, "nun laß den Firlefanz bei Seite, denn mir machst Du nichts weiß! Deine Einwendungen sind hohle Nüsse! In wenigen Tagen kannst Du Salpeter und Schwefel so viel von Mainz her haben, als Du bedarfst, denn der dortige Bischof — das weißt Du so gut wie ich — begünstigt Sickingen's Unternehmen;

Kohlen sind hier in Dieter's Wäldern im Ueberfluß. Daß die Mühle jetzt wegen des Umbaues grade still steht und nicht benutzt werden kann, das ist Dir bloß ein willkommener Vorwand, denn Du verstehst das Pulver auch auf andere Weise herzustellen, durch Stampfen, Reiben oder wie Du willst. Kurz, heute über drei Wochen spätestens erwarten wir die erste Sendung vor Trier!"

„Es geht nicht," entgegnete Berthold. „Wohl pfundweise, aber nicht tonnenweise könnte ich's in dieser Zeit liefern bei dem gänzlichen Mangel an Vorrichtungen und eingeübten Leuten. Auch die nöthigen Vorkehrungen gegen eine Explosion —"

„Schweige mir hiervon, alter Kuckuck! Der Baum, von dem Du rufst, ist nie der, auf dem Du sitzest!" fiel ihm Eisenmenger zürnend in's Wort; „Du hast schon andere Dinge ausgeführt, wenn es Dir Ernst war! Aber siehe, ich habe Dich in der Hand," fügte er mit halb scherzhafter Drohung hinzu: „Gelobst Du jetzt nicht, das Pulver in der anberaumten Zeit und in der erforderlichen Quantität zu schaffen, so gehe ich hinaus und rufe den Leuten zu: Seht, dort sitzt der Dr. Faust, euer Unheil, euer Höllenbraten! er ist's, drauf los! und es gibt eine größere Explosion im Thale des Guldenbachs, als wenn Deine Pulverfabrik zehnfach in die Luft flöge!"

„Das hütest Du Dich wohl zu thun," sagte Berthold lächelnd, „denn Du weißt, wer von uns Beiden wohl am schlimmsten dabei wegkäme: Faust würde unter Donner und Blitz verschwinden, und Siderokrates, sein Freund, bliebe übrig, um die Zeche zu bezahlen. — Doch jetzt Scherz bei Seite! Ich will von der Sache nichts wissen; höre meine Gründe: Erstlich können meine Pulverkörner Euer Vorhaben nicht fördern, denn fällt Trier nicht in den ersten Tagen Eures Angriffs, so habt Ihr das Spiel verloren; zu einer längern Belagerung fehlt es Euch an Allem und Richard's Freunde kommen Euch über den Hals. Zweitens bin ich nicht hierher gekommen — und das ist mein Hauptgrund — um in diesem Thale eine Werkstätte des wirklichen, nicht eingebildeten Teufels anzulegen, jenes

Teufels, der die Kriegsflamme unter den Menschen anschürt — bleibt mir weg mit Euren hohen Zwecken, denn sie können das schlechteste aller Mittel nicht heiligen! — jenes Kriegsteufels, sage ich, der darum der mächtigste ist, weil ihn die Mächtigen der Erde als ihren Heiligen verehren, und darum der gefährlichste, weil seine Gräuel im Schimmer des Ruhmes glänzen, und darum der verderblichste, weil er den Menschen auf die Stufe der Bestie, nein, unter dieselbe hinabdrückt!"

„Also höre es, liebe Welt, und merke Dir's," erwiederte Eisenmenger ironisch, „fortan wirst Du ewigen Frieden haben, denn Faust macht kein Schießpulver! Ich will den Gestank auf Erden nicht vermehren, sagte der Sperling und sch—ß in den Bach. — Du bist gegen den Krieg; gut, das bin ich auch, aber darum helfe ich seine Quellen ver= stopfen und der heutigen Wirthschaft, die ihn ver= ewigt, ein Ende machen; Du bist gegen die An= wendung der mörderischen Waffe des Pulvers — ich aber sage: je mörderischer die Waffe, desto kürzer der Krieg. — Doch wozu der ganze Streit? — Was soll ich an Sickingen melden?"

„An Sickingen melde: Fauſt exiſtirt nicht mehr, der pfalz-ſimmern'ſche Bergprobirer und Förſter Berthold aber iſt außer Stande, ſeinem Wunſche zu willfahren. — Und nun noch Eins: es iſt mir ſo gut wie gewiß, daß Du es warſt, der Sickingen auf den Gedanken brachte, ſich an mich wegen des Pulvers zu wenden; laß Dich das troß meiner Weigerung nicht gereuen, denn einen andern und größern Dienſt will ich ihm durch Dich erweiſen. Sage ihm: die Mächtigſten ſeiner Freunde und Verbündeten ſind falſch, und wenn er auf ihren Beiſtand ſeine Pläne gründet, iſt er verloren. Hier — damit holte er ein verſiegeltes Packet hervor — gib ihm dieſes; es enthält die Beweiſe. Wie es in meine Hände gekommen, ſollſt Du nachher erfahren. Aber gib es ihm erſt dann, wenn ſein Angriff auf Trier, mag er gelingen oder fehlſchlagen, vorüber iſt, denn den gehobenen Arm ſoll es nicht lähmen. Und nun zu etwas Anderem!"

Eisenmenger nahm das Schreiben mit Kopf=
schütteln an. Er sah wohl ein, daß ein weiterer
Versuch, den störrigen Freund für seinen Plan zu
gewinnen, verlorene Mühe wäre.

„Mag's drum sein! Ich habe das Meinige ge=
than!" sagte er mit der ihm eigenthümlichen Resig=
nation und Leichtigkeit, sich in Unabänderliches zu
finden. Nachdem er einen tüchtigen Schluck aus
dem vor ihm stehenden Humpen gethan, fuhr er
fort: „Du bist noch immer der Alte, und bist doch
nicht mehr der Alte! Nein, eine Umwandlung ist
in der That mit Dir vorgegangen. Ich aber bin
noch immer der ich war und bleibe es bis an mein
seliges Ende! Stoße mit an, es lebe Franciscus!
— Doch halt, Eins nicht zu vergessen! Da haben
wir zu St. Wendel eine Hexe dem Scheiterhaufen
entrissen und sie mit Mann und Kindern auf Sim=
mern'sches Gebiet gebracht. Der Herzog hat auf
Sickingen's Empfehlung sie aufgenommen und ge=
stattet ihnen, bei Rheinböllen nicht weit von hier
sich anzusiedeln. Habe sie etwas im Auge, sollte

man ihr etwa von anderer Seite her wieder zu Leibe wollen."

„Hier, unter dem Dominicaner Bruno und Herzog Johann, ist keine Gefahr," antwortete Bertholb.

„Nun, sie sei Dir empfohlen! Marianne Scharpfe ist ihr Name. — Uns Beiben aber, bem Junker und mir, barfst Du einige Tage Herberge hier gewähren; wir haben etwas Ruhe verbient und sind bei St. Wendel entbehrlich. Wahrhaftig, es lebt sich hier nicht so ganz übel; wäre ich nicht Sickingen'scher Rüstmeister, so möchte ich hier Bergprobirer sein! Auch Deinem Herrn Neffen, glaube ich, wird hier die Zeit nicht lang."

Berthold, ber, den Kopf auf ben Ellenbogen gestützt, an ber Ecke bes Tisches dicht am Fenster saß und grabe sah, wie Dieter mit Agnes aus bem Garten über ben Hof ging, sagte, die Stirn runzelnb, vor sich hin: „Bei biesem," fürchte ich, „würbe die Zauberlaterne nichts helfen!"

Auf Eisenmenger's Frage, was bie Zauberlaterne

hier solle, erzählte er ihm, zu dessen größter Erbauung, sein Abenteuer mit dem Franciscaner Gorbianus, nebenbei auch, wie der Pater bei seinen
wahnsinnigen Purzelbäumen in der Capelle jenes
Packet mit den Documenten des Verraths, das er
wahrscheinlich der größern Sicherheit halber bei sich
auf dem Leibe getragen, verloren habe.

„Nein," sagte Eisenmenger nach einer Pause,
„wir von Sickingen's Rotte haben vor Teufelser-
scheinungen nicht Respect genug; — hier müßten
andere Mittel angewandt werden."

„Was hältst Du von dem Junker?" fragte
Berthold; „wie kennst Du ihn?"

„Nun, er ist keck, tapfer, verschwenderisch —"

„Ist er treu?"

„Treu seinem Schwert, aber untreu seinem Lieb-
chen, wie alle Seinesgleichen."

„Er hat das arglose Kind bereits in seinem
Netz, nach Herzenslust mit ihm zu schalten —"

„Tändeleien!" brummte Eisenmenger.

„Tändeleien, die zum Schlimmsten führen!"

sagte Berthold sehr ernst und nachdenkend. „Sie hat ein Recht auf meinen Schutz; — was ist zu thun?"

„Er wird in ihr die Verwandte achten," meinte Eisenmenger.

„Ich fürchte nicht für ihre Tugend," erwiederte Berthold; „von ihrem Herzen möchte ich die Gefahr abwenden und dazu, vermuthe ich, ist's schon zu spät!" —

Da trat Dieter in's Zimmer.

„Alles im Reinen?" fragte er im Ton und mit der Miene eines gänzlich Zerstreuten.

„Alles noch nicht!" antwortete Eisenmenger; „aber Pulver erhalten wir keins von hier, Herr Berthold beweist die Unmöglichkeit, es zu schaffen."

„Mag sein! Der Vorrath in Landstuhl wird, thut's noth, schon zur rechten Zeit bei uns eintreffen," warf er gleichgiltig hin; denn seine Gedanken waren nicht bei der Sache, von welcher er sprach.

Er hatte im Garten mit Agnes eine lange,
10*

ernsthafte Unterredung gehabt, deren Resultat nicht zu gegenseitiger Befriedigung ausfiel; sie waren sehr gedankenvoll auseinander gegangen.   Schon bei seinen frühern Besuchen auf der Mühle ward durch Dieter unvermerkt der zarte Keim inniger Zuneigung in des Mädchens Herz gelegt; im Verborgenen wachsend und erstarkt, trieb er bei seinem jetzigen Besuche blühend in's Licht empor, unbedacht, vor= zeitig, ganz wie die Blume im ersten warmen Strahl der trügerischen Frühlingssonne arglos sich erschließt, als hätte der Himmel nicht noch Schauer und Fröste.   Dieter, der sich des lieblichen Kindes in der Mühle, der schönen, zutraulichen Anverwandten, gern erinnerte, der überhaupt einem zärtlichen Aben= teuer nicht leicht aus dem Wege ging, hatte sich sogleich nach seiner Ankunft, noch vor Berthold's Heimkehr von Stromberg, mit wachsender Vertrau= lichkeit ihr genaht; in ihrer unbefangenen, fast noch kindlichen Hingebung schien sie ihm anfangs so recht zur Spielpuppe geeignet, bald aber ward sie ihm noch weit mehr.   Sie ihrerseits verstand von alledem nichts weiter, als daß sie sich unaussprechlich glücklich in seiner Nähe fühlte, und so hatte sich in kürzester Zeit ein vollständiges Liebesverhältniß zwischen Beiden entwickelt, eines jener harm- und planlosen, zaubervollen Liebesverhältnisse, wobei nichts in Betracht und Erwägung gezogen wird, als das Glück der Stunde. Doch als heute, in der einsamen, verwilderten Laube des Gärtchens, Dieter, leidenschaftlich hingerissen, mit den leichtfertig ausgesprochenen Worten sie umschlang: Agnes, willst Du meine Hausfrau werden? Da fuhr sie mit einem Male empor, entwand sich erschrocken seinen Armen und sagte mit bebender Lippe: Deine Hausfrau? o, das kann nicht sein, das kann nicht sein!"

Betroffen und gereizt durch das Unerwartete ihres Benehmens, fing Dieter an, die Frage ernstlicher zu nehmen, als sie gemeint war.

„Warum kann es nicht sein?" fragte er lebhaft.

„Denkst Du nicht daran," sagte Agnes mit Selbstüberwindung und die Hände vor die Augen haltend, „denkst Du nicht daran, welches Unheil aus der Mißheirath Deines Großvaters für unser Haus, ja für die Welt entstanden ist?"

Dieter verstand genau, was sie meinte, zugleich aber auch ward er erschrocken inne, wie ihr ganzes Wesen sich plötzlich verändert hatte; alle Röthe war von ihrer Wange gewichen, wie verjagt von dem Frost, der ihr Herz durchbebte; ein entschlossener finsterer Ernst lag in ihrem Blick; sie schien mit einem Male der Sphäre der Kindheit entrissen und, wie aus einem Traum erwachend, ihrer Verirrung sich bewußt zu werden.

Dieter, der gewünscht hätte, das Wort nicht gesprochen zu haben, bemühte sich vergebens, in das frühere Gleis zurückzulenken.

„Agnes," sagte er im leichten Tone scherzender Unterhaltung, „was geht der Schwarzkünstler unsere Liebe an?" und wollte ihre Hand ergreifen.

Aber Agnes zog ihre Hand zurück und sah ihn an mit einem Blick so streng, so fremd, daß ihn selbst Stimmung und Muth verließ, in solcher

Weise fortzufahren. — Sie war die Beute unauslöschlicher, aber hoffnungsloser Liebe.

Schweigend verließen Beide zusammen den Garten, er begab sich zu den Männern, sie zu Frau Adelheid.

V.

Am dritten der Tage, welche sich Eisenmenger
und Junker Dieter auf der Mühle zur Rast gegönnt
hatten, erschien plötzlich in Stromberg der hochan=
gesehene Franciscaner=Guardian Dr. Klinge, unsern
Lesern auch unter dem Namen Vincenz bereits be=
kannt. In der Abtei zu Sponheim, wo er noch
immer als Gast des ihm befreundeten Abtes ver=
weilte, waren ihm über den Dr. Faust Nachrichten
von solcher Wichtigkeit zugegangen, daß er es für
seine Pflicht hielt, sie unverzüglich selbst in's Gul=
benbacher Thal zu tragen und Zeuge ihrer Wir=
kung zu sein. Zu seinem höchsten Erstaunen ver=
nahm er in der Probstei, wo er zuerst eintrat, daß

Gorbianus, sein Ordensbruder, schon vor mehreren Tagen über Hals und Kopf abgereist und die Gemeinde seitdem ohne Seelsorger sei. Sofort begab er sich zu Bruno.

„Vor allen Dingen sagt mir," drang er in diesen, „was Gorbian bewog, so plötzlich und ohne alle Vorkehrungen wie ein treuloser Hirte seine Heerde zu verlassen?"

Bruno zuckte die Achseln. „Vermuthungen habe ich," sagte er sodann, „die ich Euch später mittheilen will; auch habe ich heute ein Schreiben von Germersheim erhalten, worin der Prior mittheilt, daß Gorbian's Stelle von dort aus durch einen andern Ordensbruder wieder sofort besetzt und dieser sein Nachfolger schon morgen hier eintreffen werde. Doch was führt Euch hierher?"

„Meine Mission ist eine traurige," antwortete Klinge; „ich bringe die Botschaft von einem schweren Gerichte Gottes: Faust's, des Zauberes, Schicksal ist vollzogen; er hat seine Erdenlaufbahn vollendet!"

„Habt Ihr darüber sichere Nachricht?" fragte Bruno.

Klinge zog ein Schreiben aus der Tasche.

„Hier lest!" sagte er; „es kommt von Entenfuß selbst, dem Abte von Maulbronn, und bestätigt nun, was theils gerüchtweise, theils brieflich bereits zu meiner Kenntniß gekommen war."

Bruno durchlas das Schreiben und gab's ihm mit den Worten zurück: „Entschuldigt, ehrwürdiger Bruder, ich setze troß der Glaubwürdigkeit Eures Freundes Entenfuß, troß dem Gewicht und Ansehen des auch mir befreundeten Mannes, noch einiges Mißtrauen in die Richtigkeit des Gemeldeten. Ereignisse dieser Art darf man nur glauben zum Ersten, wenn derjenige, welcher sie meldet, mit eigenen Augen gesehen und mit eigenen Ohren gehört hat, zum Zweiten, wenn von ihm wieder ein Zweiter und Dritter bezeugt, daß sein Geist klar und seine Sinne nicht getrübt waren, und zum Dritten, wenn das Ereigniß in dem Zusammenhange mit andern unleugbaren Thatsachen seine Erklärung findet. Keine dieser Bedingungen ist hier erfüllt, daher erlaubt mir, daß ich zweifle."

Dr. Klinge sah den Dominicaner mit einem strengen, ja finstern Blick an. „Habt Ihr," fragte er dann mit scharfer Betonung, „für irgend eine Ueberlieferung der Geschichte, habt Ihr für die unumstößlichsten, die heiligsten, mit dem Stempel ewiger Wahrheit bezeichneten Thatsachen vergangener Jahrhunderte ein Zeugniß, wie Ihr es fordert?"

„Laßt die Vergangenheit! ehrwürdiger Freund, bleiben wir in der Gegenwart!" antwortete Bruno. „Die Erfahrungen, die ich in der langjährigen Ausübung meines Berufes, in der Inquisitionspraxis, gemacht habe, haben mich gelehrt, wie schwer es ist, auf diesem Gebiete Thatsachen von Einbildungen zu unterscheiden. Die Inquisition selbst hat ja ihren Namen von der schweren Aufgabe, die uns hier gestellt ist. Darum erlaubt mir, ich wiederhole es, einen Zweifel!"

„Ich bin nicht hierher gekommen, um mit Euch zu streiten," sagte Klinge, indem er unwillig das

Schreiben zusammenfaltete und einsteckte; „was Ihr zu bezweifeln für gerathen findet, werden Euch in den nächsten Tagen die Steine auf den Straßen und die Ziegeln auf den Dächern erzählen, daher kann ich meine Worte sparen. — Ich richte jetzt bloß die Bitte an Euch, da Gorbian nicht hier ist, mich nach der Mühle zur Mutter des Unseligen zu begleiten. Ich fühle die Pflicht, ihr selbst die Nachricht zu überbringen und ihr beizustehen in ihrem Elend, so weit es meine schwachen Kräfte vermögen."

„Hierin bin ich Euch gern zu Diensten," antwortete Bruno.

Sie begaben sich unverzüglich auf den Weg. Eilig und einsilbig schritten sie nebeneinander hin. Klinge bereitete sich vor, die unglückliche Mutter je nach Bedürfniß zu stärken und zu trösten, oder zu ermahnen und zu züchtigen. Bruno überlegte, welche Folgen dieser Besuch für seinen Freund Berthold haben könnte, und vermied es gänzlich, den Zweck ihres Ganges zu berühren.

„Also Ihr habt eine Vermuthung über Gorbian's plötzliches Verschwinden?" fragte Klinge nach langem Schweigen; „wollt Ihr sie mir mittheilen?"

„Vielleicht bei unserer Heimkehr," gab Bruno zur Antwort.

„Vielleicht? wovon macht Ihr es abhängig?"

„Von dem Eindruck, den Eure Nachricht in der Mühle hervorbringt," antwortete Bruno, und schweigend gingen sie weiter.

In der Mühle hatten die beiden Gäste bereits die nöthigen Vorkehrungen für ihre auf den folgenden Tag festgesetzte Abreise getroffen und saßen — es war Nachmittags — in der rechts vom Eingang in das Mühlenhaus gelegenen Stube, die zum gewöhnlichen Aufenthalt der Hausgenossen diente. Frau Adelheid und Agnes waren zugegen, Berthold hatte draußen an seinem Bau zu thun, Stumpf war auf dem Felde. Da traten plötzlich die beiden Mönche ein. Diese stutzten und waren, der Eine wie der Andere, betroffen, zwei ihnen unbekannte Männer hier zu finden. Doch Dr. Klinge,

in dem, was er für seine Pflicht hielt, unerschütter=
lich und über kleinliche Rücksichten völlig erhaben,
trug kein Bedenken, auch in Gegenwart der beiden
Fremden, deren Namen und Stand ihm genannt
wurden, seine Mission zu vollziehen.

„Ich habe Euch, Frau Adelheid," begann er,
„bei meinen frühern Besuchen im Verein mit mei=
nem Bruder Gorbianus vorzubereiten gesucht auf
ein längst vorhergesehenes unausbleibliches Ereig=
niß. Nachdem Johann Georg Faust, genannt Doc=
tor Faust, Euer Sohn, in letzterer Zeit in Spanien
am Hofe des Kaisers noch verschiedene Zaubereien
mit Hilfe des Bösen ausgeführt, von denen mir
berichtet und als das Letzte und Hervorragendste
angeführt wird, wie er bei einem Bankett im Saale
des Kaisers Wolken heraufziehen ließ, die sich theil=
ten, daß die Sterne hindurchleuchteten, dann nach
einer Viertelstunde wieder neues Gewölk sich thürmte,
die Sonne heftig zu blitzen begann, so daß alle
Anwesenden sich bekreuzten, darauf ein Regenbogen
sich vor der Tafel des Kaisers wölbte, bald aber

wieder verschwand und Blitz, Donner, Hagel und
Regen folgten, so daß die Gäste voll Angst und
Grauen vor den höllischen Mächten auseinander-
stoben — nachdem er Solches und Anderes, zu ver-
herrlichen seinen Herrn und Meister auf Erden,
mit unvergleichlicher Kühnheit ausgeführt, begab er
sich wieder — durch die Luft, wie berichtet wird
— nach Deutschland, zog gen Schwaben und um-
wanderte das Kloster von Maulbronn, wo er einst
seine Jugendstudien gemacht hatte, voll Unruhe und
Bedrängniß, denn seine Zeit war erfüllt."

Hier machte Klinge eine Pause, indem er das
Schreiben hervorzog.

Agnes hatte zitternd die Hände gefaltet, Dieter
sah ernst zu Boden, Eisenmenger blinzelte mit dem
linken Auge und zuckte mit den Mundwinkeln,
Frau Adelheid saß fest und stumm wie eine Bild-
säule, ihr Auge unbeweglich auf den Mund des
Sprechenden richtend.

„Vernehmt die Worte selbst, wie sie lauten in
dem vom Abte des Klosters erstatteten, von Augen-

zeugen beglaubigten Berichte!" fuhr Klinge fort und
las: „Die vierundzwanzig Jahre des Dr. Faust
waren erschienen, und in der letzten Woche kam der
Geist zu ihm, überantwortete ihm seinen Brief oder
Verschreibung und zeigte ihm an, daß der Teufel
in der Nacht auf den folgenden Tag seinen Leib
holen werde, dessen solle er sich versehen. Dr. Faust
klagte und weinte die ganze Nacht; am letzten Tage
ging er mit einigen Freunden, Magistern, Bacca-
laureen und andern Studenten nach dem Dorfe
Knittlingen, wo er sie wohl bewirthete und sie bat,
die Nacht bei ihm zu bleiben. Nach dem Schlaftrunk aber machte er ihnen die Anzeige, daß der
Teufel ihn in dieser Nacht holen werde, wobei er
nicht unterließ, sie durch sein warnendes Beispiel
zu einem frommen, gottseligen Leben zu ermahnen.
Sie sollten ruhig zu Bett gehen, sich auch nicht
stören lassen, wenn sie ein Gepolter im Hause ver-
nähmen: seinen Leib aber sollten sie, wenn sie ihn
fänden, zur Erde bestatten. Zwischen 12 und 1 Uhr
erhob sich an dem Hause ein gewaltiger Sturm-

wind, welcher das Haus zu Boden reißen zu wollen schien. Der Wirth lief vor Angst in ein anderes Haus. Die Studenten lagen nahe bei der Stube, wo Dr. Faust war; sie hörten ein gräuliches Pfeifen und Zischen, als ob das Haus voller Schlangen, Ratten und anderer schädlicher Würmer wäre; da ging Dr. Faust's Thür auf in der Stube, er hub an um Hilfe und Mordio zu schreien, aber kaum mit halber Stimme, bald darauf hörte man ihn nicht mehr. Als es nun Tag war, gingen die Studenten in die Stube, sie sahen aber keinen Dr. Faust mehr und nichts, denn die Stube voller Blut. Das Hirn klebte an der Wand, weil ihn der Teufel von einer Wand zur andern geschlagen hatte. Es lagen auch seine Augen und einige Zähne daselbst, ein gräßlicher, schrecklicher Anblick. Da huben die Studenten an, ihn zu beklagen und zu beweinen und suchten ihn allenthalben. Zuletzt aber fanden sie seinen Leib draußen bei dem Mist liegen, welcher gräulich anzusehen war, denn der Kopf und alle Glieder schlotterten. In dem Hause ist es seit=

dem so unheimlich, daß Niemand darin wohnen mag."

Als Klinge geendet hatte, Agnes betend auf die
Knice gesunken war, Frau Adelheid aber ihre ruhige
Haltung behauptete und nicht das geringste Zeichen
einer Erschütterung blicken ließ, warf Klinge einen
Befremden und Zorn ausdrückenden Blick ihr zu.

„Mutter des Verdammten," rief er mit furcht-
barem Nachdruck, „ist Euer Herz von Stein, oder
wiegt auch Euch schon Satan auf seinen Knieen?"

Frau Adelheid, die ihr bald von Unwillen und
Zorn, bald von unaussprechlicher Freude durchwog-
tes Innere nicht länger mehr verhüllt zu halten im
Stande war, antwortete in gleichwohl noch immer
ruhiger Haltung: „Ist Alles, was Ihr mir, Herr
Guardian, bisher von meinem Sohne erzählt habt,
so wahr wie das, was Ihr mir jetzt vorgetragen,
so segne ich diese Stunde, danke dem allgütigen
Gott und sehe mit Ruhe meiner Sterbestunde entgegen!"

Darauf aber erhob sie sich leidenschaftlich von

ihrem Sitze, wie Jemand, der im Gefühle des
Rechts und der Wahrheit entschlossen ist, alle Rücksicht bei Seite zu setzen und alle bisher eingehalte-
nen Schranken zu durchbrechen. Eine fast jugend-
liche Gluth flog über ihr Antlitz.

„Agnes," sagte sie, „rufe Herrn Berthold!"

Eisenmenger und Bruno fuhren erschrocken auf,
doch Keiner that Einsprache, Agnes gehorchte. Berthold trat in die Stube.

„Gott zum Gruß, Herr Doctor Klinge!" sagte
er, auf diesen zugehend; „neun Jahre, glaube ich,
sind es wohl her, daß wir uns in Erfurt zum letzten Male sahen!"

Klinge maß ihn von Kopf bis zu Fuß — die
Farbe wich aus seinem Gesicht — rückwärts tau-
melte er auf einen Stuhl und verhüllte das Antlitz
mit seinem Mantel.

Es entstand eine lange Pause. Die Umstehenden sahen bald auf Klinge, bald auf Berthold.

Frau Adelheid aber zog den Letztern an ihr Herz.

„Mein Sohn," rief sie, „in dieser Stunde wirst Du mir von Neuem geboren!"

„Ihr Sohn!?" flüsterten Agnes und Dieter.

„Ja, ihr Sohn, Johann Georg Faust," sagte Eisenmenger mit lauter Stimme, „er, dessen gräuliches Ende wir so eben vernommen haben, hier steht er leibhaftig in unserer Mitte! Auf, Junker Dieter, begrüßt Euren Oheim!"

Dieter trat festen Schrittes zu ihm hin und schüttelte ihm stumm die Hand.

Agnes allein wußte sich nicht zu fassen; es war ihr unmöglich, die mit ihr aufgewachsene Vorstellung von dem Sohne der Base Adelheid als dem verruchtesten Knechte Satans fallen zu lassen, unmöglich, ihn in Berthold, dem freundlichen Hausgenossen, zu erblicken, dem sie so nahe getreten war, der ihr Vertrauen in so vollem Maße gewonnen hatte.

„Komme hierher, Kind!" sagte Frau Adelheid, die Hand nach ihr ausstreckend; „siehe Diesen hier, das ist der Sohn der Base Adelheid, nicht jener Verrufene, dem Teufel Verschriebene, zur Hölle Ge=

fahrene, nicht jener Erlogene, den die Dummheit
geboren, der Trug groß gezogen und die Bosheit
zum Schreckbild erhoben hat! Siehe, das ist mein
Sohn, dem Du selbst den Weg zurück zur Mutter,
der Irregeleiteten, hast bahnen helfen! Dein richti-
ges Gefühl, Dein reines Herz, mein Kind, war
zwischen ihm und mir wie eine Leuchte!"

Agnes küßte ihr die Hand und konnte sich der
Thränen nicht erwehren. Aber diese Thränen mochten einem noch tiefern Boden entquellen, als dem
der Theilnahme an der Base Adelheid und ihrem
Sohne. Es dämmerte in ihre Nacht hinein ein
leiser, rosiger Schimmer, wie ein erster Vorbote von
Sonnenaufgang und Tageshelle.

Bruno trat zu Dr. Klinge, der, den Kopf auf
den Arm stützend, in sich selbst verloren da saß und
starr vor sich hin sah.

„Ich hatte Euch Vorsicht anempfohlen," sagte
er, „bei der Aufnahme von Nachrichten, wie die,
welche Ihr brachtet, aber Ihr verschmähtet meine
Warnung. — Ich begleitete Euch hierher, nicht um

einen Triumph zu feiern; ich begleitete Euch hierher, um Euch zu gewinnen für die Sache des
Lichtes und der Wahrheit gegen die der Finsterniß
und des Wahns. Ihr habt gesehen, wie ein auf
letztern gegründetes Gebäude zusammenstürzt; Ihr
werdet davon abstehen, es fortan noch stützen zu
wollen; Ihr werdet, durch dieses Beispiel belehrt,
Euch lossagen von dem ganzen Systeme, das
auf keinen andern Zeugnissen beruht,
als Eure Botschaft von Faust's Höllenfahrt!"

Auf diese Worte Bruno's gewann Dr. Klinge
seine Fassung wieder. Mit der Würde eines Mannes, der sich eben so bewußt ist, seiner Pflicht ge-
mäß und in bester Absicht gehandelt zu haben, wie
er andererseits mit seiner ganzen Seele im Boden
des Glaubens wurzelte, erhob er sich.

„Weiche von mir, Versucher!" sagte er abweh-
rend und von Bruno zurücktretend; „der Tempel,
in dem ich kniee, fällt durch den Hauch eines Lüft-
chens nicht zusammen! Einen Augenblick wollte ich

jagen, es ist vorüber! Einen Irrthum habe ich gut zu machen, das ist Alles! — Falsche Propheten gab es von jeher neben den echten, aber jene dienten nur als Prüfsteine für diese. — Ein Irrlicht hat mich in einen Sumpf geführt, ich begann zu straucheln, aber die Hand, die mich daraus emporzieht, fühle ich wieder in der meinigen."

Mit diesen Worten brach er auf.

„Scheidet nicht so aus diesem Kreise!" sagte Faust-Berthold, ihm entgegentretend. „Einst schiedet Ihr von mir mit den Worten: „„Ei, so fahre hin, Du verfluchtes Teufelskind, wenn Du Dir nicht willst helfen lassen!"" Heute schenkt mir einen andern Abschiedsgruß! Seht, ich bin nicht der, für den Ihr mich gehalten; einen Irrthum, wie Ihr sagt, einen Fehler, habt Ihr gut zu machen, nicht gegen ein Princip, sondern gegen eine Person, die Person bin ich. Wie wollt Ihr nun den Fehler gut machen? Etwa daß Ihr hinaustretet vor die Welt und predigt: Eure Lehre von Dr. Faust ist eitel Lug und Trug; sehet, im Thale des Gul-

denbachs lebt er harmlos und in Frieden! Sie
werden mich aufsuchen, aufjagen und verfolgen, bis
ich ihren Augen wieder entschwunden bin, dann
aber werden sie mich von Neuem sterben lassen nach
ihrem Glauben. — Darum laßt es bei meinem
Tode bewenden, wie er verkündet ist! — Reicht
mir die Hand zum Frieden und laßt mich in mei=
nem Frieden! Soll aber Georg Faust in Frieden
leben, so muß Johann Faust zur Hölle gefah=
ren sein!"

Eisenmenger lächelte zustimmend, als Berthold
geendet hatte. Bruno dagegen schüttelte den Kopf
und wollte reden, doch Klinge kam ihm zuvor.

„Meinem Gefühl widerstrebt es," sagte er, „einen
Irrthum aufrecht zu erhalten, doch es handelt sich
hierbei nur um Eure Person; Ihr wollt es, und
ein Opfer bin ich Euch schuldig, sowie ich hin=
wiederum der Welt schuldig bin, sie nicht durch
Hinweisung auf eine Ausnahme irre zu machen an
der Regel, die ein Gesetz ist von Ewigkeit zu Ewig=
keit, sie nicht durch Bekämpfung eines Fehlgriffes

ihres Glaubens zu erschüttern in dem Glauben selbst, der ihr Heil begründet — um Eures Friedens willen gelobe ich Euch, über Alles, was ich hier erlebt habe, zu schweigen."

Er reichte Berthold die Hand und entfernte sich. Bruno folgte ihm.

„Nun holt einen frischen Krug Wein und die Zither!" wandte sich, freudig die Hände reibend, Eisenmenger an Berthold. „Fort sind sie wieder, wie sie gekommen! Aber einen Dienst haben sie mir geleistet, nämlich den, daß ich mich nicht mehr gegen Dich, Meister Berthold oder Faust — wie Du am liebsten willst — hier vor dieser ehrenwerthen Hausgenossenschaft zu verstellen brauche. — Junker Dieter, jetzt rathe ich Euch auf Eurer Hut zu sein, denn Ihr wißt, mit wem Ihr's hier zu thun habt. „Und Du, Agnes," fügte er mit drohend gehobenem Finger hinzu, „bedenke, daß Einer hier ist, der sich unsichtbar zu machen und durch die dickste Mauer hindurchzuschauen versteht!"

„Bei dem Namen und Charakter Berthold,"

fiel ihm Dieter in's Wort, „wollen wir es vor wie
nach bewenden lassen; dann laufen wir auch nicht
Gefahr, wenn Andere zugegen sind, uns zu ver=
sprechen."

Frau Adelheid hatte während der letzten Ge=
spräche sich ganz still verhalten. Wie wehe es auch
ihrem Herzen that, daß die Unschuld und Reini=
gung ihres Sohnes nicht laut vor der ganzen Welt
verkündet werden sollte, so war das Gefühl der
Freude in ihr doch so überwiegend, daß sie ihm
nochmals um den Hals fiel, ihm Abbitte that und
ihn des unerschütterlichsten Vertrauens bis an ihr
Lebensende versicherte. Aber ihr Herz war zu voll,
sie bedurfte der Ruhe und begab sich auf ihr Zimmer.
Agnes begleitete sie. Es fing an, Abend zu werden.

„Einen Humpen und die Zither!" rief Eisen=
menger; „morgen reiten wir drüben im Moselthal,
übermorgen empfängt der Bischof unsern Gruß.
Drum heute noch gesungen und getrunken!"

Das Verlangte wurde besorgt. Er leerte einen
Becher, nahm die Zither und sang:

„Ich hab's Euch g'sagt, Ihr habt's gehört:
Wir seind gewesen lang bethört;
Daß Lug und Trug so breit sich macht,
Die Pfaffen haben's d'hin gebracht,
Denn Wahrheit mögen's leiden nit,
Ist wider ihren Brauch und Sitt.

Wo sich der Teufel steckt ein Ziel,
Da han die Pfaffen Hand im Spiel,
Und wo man ihn mit Spott und Hohn
Ersäuft, da laufen sie davon,
Denn Wahrheit mögen's leiden nit,
Ist wider ihren Brauch und Sitt.

Auf, Landsknecht gut und Reuters Muth,
Auf, haut entzwei die Pfaffenbrut!
Erst muß sie treffen göttlich Rach,
Soll oben stahn die gute Sach,
Denn Wahrheit mögen's leiden nit,
Ist wider ihren Brauch und Sitt.
                    Vivat Franciscus!"

„Meinen Hengst gäbe ich darum," sagte er
dann, nachdem er nochmals einen tüchtigen Schluck
genommen, „wenn Fränzchen und die Andern heute
hier zugegen gewesen wären! Hutten hätte gewiß
die herrliche Scene durch ein unsterbliches Lied auf

die Nachwelt gebracht. — Sage mir, Sabellicus,"
wandte er sich an Berthold, „wird einmal eine Zeit
kommen, in welcher keine Pfaffen mehr existiren?"

„Ja, Siderokrates," antwortete dieser.

„Sage mir, Sabellicus, wird einmal eine Zeit
kommen, in welcher keine Ritter und Landsknechte
mehr existiren?"

„Ja, Siderokrates."

„Also wird einmal eine Zeit kommen, in welcher
es keine Religion und keinen Krieg mehr gibt?"

„Nein, Siderokrates."

„Wie, Du willst Religion ohne Pfaffen, Krieg
ohne Ritter und Landsknechte? — Das geht mir über
den Horizont!"

„Er griff einige Accorde, worauf er fortfuhr:
„Sage mir, Sabellicus, wenn wir uns nach drei-
hundert Jahren wieder in diesem Thale begegneten
— wie wird es dann hier aussehen?"

„Ungefähr wie heute, Siderokrates; doch vielleicht etwas belebter, die Wege sind besser, die Mühlen schöner, die Anstalten zur Benutzung der Kräfte

und Schätze der Natur vollkommener und die Men=
schen — friedlicher."

„Ich denke mir's anders!" sagte Eisenmenger,
mit dem linken Auge in seiner Weise zwinkernd;
„ich denke mir's folgendermaßen: Die Burg über
Stromberg ragt höher und strahlender empor als
jetzt; drin wohnt ein mächtiger Ritter, alle Bewoh=
ner des Thals sind seine Reisigen; und wenn er
auf dem Thurme steht und in's Horn stößt, sam=
meln sie sich alle um ihn, gerüstet zum Kampfe —"

„Und wem gilt die Fehde?"

„Unterbrich mich nicht! — Aus tausend solcher
Ritter mit ihren Reisigen besteht das deutsche Reich,
in dessen Mitte thront der Kaiser, und wenn er in
sein Horn stößt, versammeln sich um ihn alle tau=
send Ritter mit ihren Reisigen einmüthiglich, dann
zittern die Throne Europa's, Asiens und Afrika's."

„Und die Bahn hierzu bricht Franciscus von
Sickingen mit Siderokrates, seinem Rottenführer?"

„Du sagst es!"

„Das geht mir über den Horizont, Siderokrates."

„Thut nichts, thut nichts, Sabellicus; es hat ja Jeder seinen eigenen Horizont; laßt uns darum Freunde bleiben nach wie vor! — Doch was geht uns die Nachwelt an?

<blockquote>
Ich frage nicht nach morgen,
Hab' heute g'nug zu sorgen!"
</blockquote>

Damit ließ er die Saiten der Zither von Neuem erklingen.

Unterdessen aber hatte auch Dieter, sonst ein Freund von lustigen Liedern, besonders von Eisen= menger's Schnurren, sich still davongeschlichen. Der Humor wollte heute bei ihm nicht Platz greifen.

Seit der Unterredung, die er mit Agnes im Garten gehabt hatte, war Dieter in eine seinem Wesen sonst ganz fremde, nachdenkliche Stimmung gerathen. Ihre mit unerbittlicher Strenge fort= gesetzte Zurückhaltung, ja Eiseskälte, hatte auf ihn, den leichtfertigen Junker, der nach der Sitte jener Zeit es mit Liebeshändeln keineswegs sehr genau nahm und auf diesem Gebiet sich mancher Siege rühmen konnte, eine ganz andere Wirkung, als man hätte vermuthen sollen. Als wären ihm mit einem Male über Agnes die Augen aufgegangen, so kam's ihm vor, so erschien sie ihm in Allem, was sie that und sagte, bedeutender, inniger, anmuthsvoller. Auch entging ihm nicht, daß sie bemüht war, eine tiefe Schwermuth zu verbergen, und der Gedanke, daß an der gegen ihn festgehaltenen Kälte ihr Verstand einen größern Antheil habe als ihr Herz, beschäftigte und erfüllte ihn mit heimlicher Qual und Freude. Kurz, das flüchtige, ja frivole Wohlgefallen an ihr, hinreichend zum Zeitvertreib auf einige Tage, war übergegangen in Liebe. Das in der Laube mit leichtfertigem Scherz hingeworfene Wort, das ihm unwillkürlich immer wieder in den Sinn kam, hatte auch für ihn jetzt seine wahre Bedeutung gewonnen. Aber auch ihm war der Gedanke an eine Mißheirath, wie sie sein Großvater geschlossen hatte, die ihm von Jugend auf als eine beklagenswerthe Verirrung mit allen ihren abschrecken- den Folgen war geschildert worden, etwas Wider-

wärtiges, nicht zu Bewältigendes, und der Spröß-
ling jener Ehe, der verrufene Doctor Faust, stand
auch in seinen Augen zwischen ihm und Agnes wie
ein warnendes Schreckbild. Sein freierer Stand-
punkt und die von Eisenmenger erhaltenen Mittheilungen vermochten ihn um so weniger zu beschwichtigen, als er sich nicht verhehlte, daß Agnes an
seiner Seite sich betrachten werde als Eine, die
unter einem Fluche stehe, ja, daß sie nie zu einer
Einwilligung vermocht werden könne.

Jetzt war auf einmal Alles anders. Er hatte
das Zimmer verlassen, um Agnes aufzusuchen. Er
fand sie nicht; sie saß bei Frau Adelheid und ließ
lange auf sich warten. Seine Unruhe trieb ihn hinaus durch die Pforte des Hofes auf jenen uns bekannten Vorplatz, wo er bald auf- und abwandelte,
bald stehen blieb, bald für Augenblicke auf die Bank
unter der Eiche sich niederließ. Die Nacht hatte
bereits Alles unter ihren schwarzen Fittig genommen; um die Mühle herum herrschte tiefe, nur vom
Plätschern des Baches unterbrochene Stille; die Ar-

beiter waren vom Bau heimgegangen, selbst in
Stall und Scheune gab's kein Geräusch mehr, und
auch Stumpf, der überhaupt nur seiner Arbeit lebte
und an den sonstigen Vorgängen in der Mühle
keinen Antheil nahm, schien sich zur Ruhe begeben
zu haben. Desto lauter hörte man von der Stube
her Eisenmenger mit Berthold sich unterhalten und
bald durch Lachen, bald durch Gesang und Zither-
klänge das lebhafte Gespräch unterbrechen. Dieter
aber blickte nur nach dem nach hinten gehenden
Fenster des Hauses empor, das zwar selbst ihm
nicht sichtbar war, aber einen Lichtschimmer auf die
Zweige der nahen Erlen des Baches warf und dadurch ihm andeutete, daß Frau Adelheid noch nicht
zu Bett gegangen, daß Agnes noch bei ihr weile.
Endlich schwand das Licht von den Erlen und bald
darauf hörte Dieter das Knarren der Hausthür
und Tritte im Hof. Agnes kam an die Pforte, um
sie zu schließen. Er trat leise vor sie hin, faßte ihre
Hand und zog sie zu sich hinaus.

„Agnes," sagte er mit gedämpfter, die tiefste

Bewegung verrathender Stimme, „graut Dir noch vor dem Sohn der Base Adelheid?"

„O schweige," antwortete sie, „daß es Berthold nicht hört! Vor ihm hat mir niemals gegraut."

„Fürchtest Du noch den Schwarzkünstler? den bösen Dämon unseres Hauses?"

„Sprich leise, daß er es nicht hört! Er ist es ja, den ich als meinen Schutzengel betrachte!"

„Agnes," sagte er dann, jene Frage, die damals in der Gartenlaube von leichtfertigen Lippen, jetzt aus der Tiefe seines Herzens kam, mit festem Ton wiederholend: „willst Du meine Hausfrau werden?"

„Willst Du mich denn noch?" flüsterte sie, und sank in seine Arme.

Auf der Bank unter der Eiche saßen sie jetzt, glückselig, Ort und Stunde vergessend, wie einst Wohlfried und Adelheid hier saßen, und schwuren einander die Schwüre ewiger Treue.

„Sie ist noch immer draußen, und er bei ihr!" sagte in der Stube zu Eisenmenger Berthold, der ein doppelt wachsames Auge hatte auf Alles, was um Agnes vorging.

„Sicherlich und ohne allen Zweifel sitzen sie unter dem Baum und — beten ein Paternoster," antwortete Eisenmenger. „Bist wohl eifersüchtig, Sabellicus? Schäme Dich für Deine Jahre!"

„Wohl bin ich eifersüchtig, eifersüchtig wie ein Vater auf den Freier seiner Tochter," entgegnete Berthold; „das Kind hat mir's angethan; — es macht mir Sorge. Sie wichen einander aus in der letzten Zeit, als hätten sie ganz und gar miteinander gebrochen, aber der tiefe Gram im Blick des armen Mädchens bestätigte meine Vermuthung, daß sie ihr Herz an ihn verloren habe, ein treffliches Herz! — Wird er es zu schätzen wissen?"

„Das ist eine überaus schwierige Frage, Sabellicus."

„Bei den heute in Bezug auf mich stattgefundenen Aufklärungen," fuhr Berthold fort, „athmete sie auf wie neugeboren; ich ahne die Ursache. Und auch er schien ein Anderer. — Sie haben es

Beide ernstlich vor und — sind miteinander im Reinen!"

„Also ist nichts mehr zu thun, als Amen zu sagen," erwiederte Eisenmenger mit seinem alten Gleichmuth; „was daraus wird, muß die Zeit lehren."

„Eine Prüfung durch die Zeit, ja!" sagte Bertholb; „hinge nur nicht, je weiter sie sich hinausschiebt, um so gewisser ein ganzes Lebensglück ab von ihrem Ausfall!"

„Höre, Sabellicus!" nahm Eisenmenger nach einer Pause mit Lebhaftigkeit das Wort; „da habe ich einen überaus herrlichen, einen unübertrefflichen Gedanken! Laß uns sofort eine gründliche Liebesprobe mit dem Pärchen anstellen! Herbei ohne Zögern und öffne Deine Zauberkiste! Du hast ja Alles noch in Bereitschaft. Während die draußen in die Studien der Liebe sich vertiefen, gewinnen wir hier so viel Zeit, als die nöthigen Anstalten erfordern. — Zögere nicht; wozu hast Du denn alle die Künste gelernt? — Höre, was geschehen muß: Also

vertieft in die Studien der Liebe sitzt das Paar
unter dem Baume — da erhebt sich plötzlich um sie
her ein furchtbarer Sturm, Blitze erhellen die Nacht
und wie in lichterlohen Flammen steht mit einem
Mal die Mühle. „„Agnes! Agnes!"" rufst Du
von Innen, „„rette Deine Base!"" Agnes reißt sich
aus den Armen des Geliebten, stürzt heran, wird
— so scheint es — ergriffen von dem Feuer und
verschwindet in den Flammen. Was thut jetzt Junker Dieter? Eins von Beiden: entweder er bleibt
zurück, fällt auf die Kniee, schlägt auf die Brust mit
den Worten: „„Gott sei mir armen Sünder gnä-
big"" — und hat das Spiel verloren, der ganze
Liebeshandel ist aufgehoben; oder er stürzt ihr mit
Todesverachtung nach in die Flammen — und wir
feiern noch heute Abend nach Verlachung des ganzen Spuks ein Verlobungsfest!"

„Edler Freund," sagte Berthold lachend und
mit Kopfschütteln, „wir sind hier weder in Krakau,
noch am Hofe des Kaisers, noch in der Capelle
des heiligen Gebhard!"

Eisenmenger aber drang in ihn mit vollem Ernst, ging an die Kiste und versuchte sie zu öffnen.

Da trat Dieter in's Zimmer.

Durch einen Sprung mit einer Art Harlekin=schwenkung verließ Eisenmenger die Kiste und kehrte, seinen Verdruß kaum verbergend, auf seinen Sitz am Tische zurück.

„Ihr seid ja lange braußen bei den Pferden gewesen, lieber Junker," sagte er sodann mit zucken=dem Mundwinkel zu Dieter; „Stumpf hat, hoffe ich, mit dem Hafer nicht zurückgehalten; denn mor=gen geht's wieder scharf drauf los!"

Berthold aber rief durch die geöffnete Stuben=thür in den Hausflur: „Agnes, besorge noch einen kleinen Imbiß und den Schlaftrunk!"

VI.

Zehn Tage später, an einem Vormittage, wandert Berthold rüstigen Schrittes auf einem Fußpfad zwischen dem Dörfchen Dichtelbach und der von uns Eingangs unserer Erzählung bezeichneten Landstraße, die von Bacharach über Simmern nach Trier führte.

Es ist ein prächtiger Septembermorgen, eine klare, stärkende Luft, frisch und kühl, wo der Schatten noch waltet, heiß, wo die Sonne ihre Herrschaft schon ausbreitet. Ueber den Stoppelfeldern hin und dem dünnen Heidegras glitzern Millionen Silberfäden, ein unübersehbares Kunstgewebe, von geheimnißvollen Werkmeistern über Flur und Anger gebreitet. Aber wo an einem Busch oder überhangenden Ast der Wanderer hinstreift, wird er benetzt vom kühlenden Thau, der der Sonne noch trotzt. Von einem Theil der Felder ist das Getreide verschwunden, ja manche Stücke, vom Pfluge schon umgeworfen, liegen bereit zum Empfang neuer Saat und bilden zu den übrigen einen scharfen Gegensatz. Das trauliche Thal des von Erlen überschatteten Guldenbaches hat sich hier an seinem Ausgange rasch erweitert, der Boden steigt allmälig an und bietet dem Ackerbau ansehnliche, von sanften Hügeln unterbrochene Flächen. Gern weilt der Blick hier, wo man sich im Hunsrücker Hügelland befindet, auf den gesegneten, freundlichen Spuren des menschlichen Fleißes; doch ist die Landschaft an Milde nicht zu vergleichen mit dem nur wenige Stunden entfernten Rhein- oder Nahegebiet; die hohe Lage, der steinige, herbere Boden, die dunkeln Forsten, die mit urwäldlicher Undurchbringlichkeit den Horizont begrenzen, ja verfinstern, verleihen ihr einen eigenthümlichen Ernst und einen dem Landmann gegenüber zwar keineswegs unerbittlichen, aber doch mitunter recht strengen Charakter.

„Wer bewirthschaftet das kleine Hofgut da drüben an der Halde?" fragte Berthold einen neben dem Wege arbeitenden Hüber oder sogenannten „armen Mann" aus Dichtelbach.

„Es sind Ausländische, seit Kurzem erst eingezogen; aus dem Trier'schen, heißt es, wären sie," antwortete der Befragte.

Berthold bog seitwärts querfeldein und näherte sich dem kleinen, anspruchslosen Gehöfte, dessen Gebäulichkeiten aus einem niedrigen, mit Stroh gedeckten Wohnhäuschen und einiger Stallung nebst Scheune bestanden; an ein spärlich bepflanztes Gärtchen stießen ziemlich weitgedehnte Haferfelder, die leise aufsteigend sich in eine von Quellen durchrieselte Heide verloren; von der Heide aus bildeten Ginster und Hageborn den Uebergang in ein dichtes Buchengehölz. Das Ganze war nur hier und da von einem zerfallenen Pfahlzaun umgeben. Ein Mann stand da, damit beschäftigt, den Zaun auszubessern. Zwei Kinder spielten in seiner Nähe, mit langen Stöcken bewaffnet, um Kuh und Rind, die da unter ihrer Obhut weideten, von Grenzüber=schreitungen abzuhalten. In einiger Entfernung sah man eine Frau im weißen Kopftuch an einem Boh=nenbeet beschäftigt.

Nachdem sich Berthold Alles dort und da ziem=lich genau angesehen, trat er auf den Mann zu, ein Gespräch mit ihm anknüpfend.

„Der Hafer muß bald ab, so dünn er auch steht," sagte er, nach dem Felde deutend; „das Stück ist nicht besonders gebaut, auch sind die Wasserfurchen schlecht gezogen, denn oben an der Heide ist ein Theil ganz vertrocknet und hier ein Theil vom Wasser beinahe weggespült."

„Der Acker ist von mir nicht bestellt worden; ich habe vor Kurzem erst das Gut übernommen," erhielt er zur Antwort.

„Wie ist denn Euer Name? und wo kommt Ihr her?

„Ich heiße Kronwich, bin von der Mosel

und hierher übergesiedelt, um dem Kriegsgetümmel zu entgehen."

„Ihr seid Jakob Scharpfe aus St. Wendel," sagte Berthold, „und unter Sickingen's Schutz hierher geflüchtet, um von Eurer Frau, Marianne, den Tod auf dem Scheiterhaufen abzuwenden."

Der Mann richtete sich auf von der Arbeit, das Beil über die Schulter legend; sein Gesicht hatte sich entfärbt.

„Wer hat Euch das gesagt? Wer seid Ihr?" fragte er im höchsten Grade betroffen.

„Fahrt ruhig fort in Eurer Arbeit! Von mir habt Ihr keine Störung zu befürchten," antwortete Berthold, nannte ihm seinen Namen und seinen Stand und reichte ihm die Hand wie zum Willkomm auf Pfalz-Simmern'schem Boden.

Auf diese Worte, als schäme er sich seiner thörichten Furcht, nahm Scharpfe — den er war es — sein Werkzeug wieder von der Schulter, um die angefangene Abglättung des Pfahls zu vollenden, doch ließ er es beim Vorsatz bewenden.

„Verzeiht, Herr," sagte er; „wenn man in meinen Schuhen steckt, ist man immer in der Angst, wie ein aufgejagtes und verfolgtes Wild. Und doch kann ich mir's jetzt nicht besser wünschen, als ich's habe. Der Herzog, mein neuer gnädiger Herr, hat mich als Unterthan an- und aufgenommen. Dem Amtskeller von Simmern hat er befohlen, mir diesen Hof, der bisher von der Amtskellerei verpachtet war, für einen mäßigen Preis als Freigut zu überlassen. Ich habe keine andern Lasten zu tragen, als die jährliche Steuer dem Landesherrn und den Zehnten der Kirche zu entrichten. Es sind freilich nur einige Huben Landes und davon ist ein Theil noch nicht urbar, aber es reicht aus, uns zu ernähren. Auf die Arbeit verstehen wir uns, denn im St. Wendel'schen ist der Boden auch nicht viel besser. Auch blieb mir noch so viel Geld übrig, um Haus- und Ackergeräth und einige Stück Vieh von meinem Vorgänger zu übernehmen. — Lieschen," wandte er sich an das ältere der Kinder, „rufe einmal die Mutter! — Sie hat

sich noch nicht ganz erholt, ist aber auf dem besten
Wege. Sprecht nicht mit ihr von der Geschichte,
Herr Förster, wenn es Euch beliebt; sie schreckt
noch immer zusammen, wenn man davon anfängt;
denn das läßt sich mit hundert Zungen nicht sagen,
was die Frau ausgestanden hat."

Berthold, nachdem er durch weitere Unterredung
das Vertrauen des anfangs sehr erschrockenen, im
Uebrigen aber besonnenen Mannes völlig gewonnen
hatte, fragte ihn, ob er wohl in wichtigen Angelegen=
heiten eine Reise auf einige Tage übernehmen könne.

Scharpfe sah ihn zweifelhaft an.

Da kam Marianne, seine Frau.

„Ich habe einen Auftrag für Euren Mann!"
sagte Berthold, mit innigster Theilnahme die bleiche
junge Frau betrachtend, die schüchternen Trittes,
das kleine Mädchen an der Hand, einen Korb unter
dem Arm, mit einem Gruße sich näherte.

„Der Herr ist uns zugethan, ein Vertrauter
und im Dienste des Herzogs," sagte Scharpfe,
als Marianne den Fremden scheu und unsicher ansah.

„Es handelt sich darum," fuhr Berthold fort, „schleunigst ein Schreiben dem Ritter Franz von Sickingen in's Feldlager bei Trier zu überbringen. Euer Mann ist der dortigen Gegend und Verhältnisse kundig; die Botschaft ist wichtig und muß auf's Zuverlässigste bestellt werden, denn es gilt, den Ritter mit seinen Verbündeten aus großer Gefahr zu retten."

Marianne, die bei den ersten Worten Berthold's von Unruhe und Bangigkeit ergriffen schien, sagte jetzt mit fester Stimme: „Das soll geschehen, Herr! Dem Ritter Franz von Sickingen sind wir mit Leib und Leben verpflichtet. — Hast Du ein Bedenken?" richtete sie sich fragend an ihren Mann.

„Gefahr ist keine dabei," fiel Berthold ein, „denn Weg und Steg, Land und Leute, steht Alles unter Sickingen's Gewalt. Aber Eile thut Noth und Treue in der Besorgung."

Scharpfe nickte mit der Miene eines völlig Einverstandenen.

„Ich will gehen und sorgen, daß er sogleich reisefertig ist und aufbrechen kann," sagte Marianne, sich nach dem Hause wendend.

„So ist's recht!" rief ihr Berthold nach; „während seiner Abwesenheit soll hier auf dem Hofe Alles in guter Ordnung bleiben und nichts versäumt werden. Ihr geht mit Euren Kindern so lange auf die Guldenbacher Mühle; ein der Mühle verpflichteter Huber aus Dichtelbach soll hier wohnen bis zu Eures Mannes Rückkehr und für Euer Vieh und die nöthige Feldarbeit sorgen. Von der Mühle wird noch heute Jemand hierherkommen, um Euch abzuholen; sie ist von hier kaum etwas über eine halbe Stunde entfernt."

Scharpfe zog, die Arbeit einstellend, sein Wamms an. Berthold übergab ihm nach mancherlei Mittheilungen und Rathschlägen in Betreff seiner Sendung das Schreiben, empfahl ihm, sich Alles dort recht genau anzusehen, um Auskunft darüber geben zu können, und begab sich auf den Rückweg nach dem Guldenbacher Thal.

Als er im Dörfchen Dichtelbach ankam, das

neben dem Wege lag, der von Scharpfe's Gehöfte in's Guldenbacher Thal führte, traf er mit dem Dominicaner Bruno zusammen, der hier auf ihn gewartet hatte und es eigentlich war, auf dessen Betreiben Scharpfe an Franz von Sickingen entsendet wurde.

Bruno hatte nämlich, bald nachdem Dieter und Eisenmenger die Mühle verlassen hatten, durch seine Freunde in Mainz nicht nur sichere Kunde erhalten, daß der Landgraf Philipp von Hessen und der Kurfürst von der Pfalz zum Entsatze Triers die umfassendsten Rüstungen vornahmen, sondern daß auch ein bedeutender für Sickingen bestimmter Transport von Lebensmitteln und Kriegsmaterial durch die Hessen weggenommen worden sei, und daß eine ganz beträchtliche Schaar kurpfälzischer Truppen bereits den Marsch nach der Mosel angetreten habe und jeden Tag vor Trier erscheinen könnte. Bruno hielt es für höchst wichtig, Sickingen hiervon auf's Schnellste in Kenntniß zu setzen. Zur Uebernahme dieses Geschäftes schien ihm Niemand geeigneter, als Jakob Scharpfe, dessen Schicksale und Lage ihm

bereits genau bekannt geworden waren. Da er indessen mehr als einen Grund hatte, in dieser Sache
nicht unmittelbar selbst mit Scharpfe zu verkehren,
so wandte er sich an Berthold, der gern die Mittheilung übernahm. Denn wenn auch dieser, der
dem Unternehmen Sickingen's gegen Trier überhaupt
kein günstiges Prognostikon gestellt hatte, für seine
Person selbst von der glücklichsten Ausführung desselben sich keine Besserung der Zeiten versprach und
gegen jede Art von Betheiligung an Kriegsopera-
tionen die entschiedenste Abneigung hatte, so stand
er dem Ritter Franz und dessen Freunden doch viel
zu nahe, fühlte in seiner eigenen Stellung und Le-
bensweise mit dem Fortbestand der Partei Sickingen's sich zu enge verknüpft, um nicht auf's
Eifrigste da behilflich zu sein, wo es galt, von diesem
eine Gefahr abzuwenden. Wir erinnern daran, daß
er auch in diesem Sinne handelte, als er seinem
Freunde Eisenmenger das Document, welches Gorbian in der Capelle verloren hatte, zur Warnung
für Sickingen mitgab.

Nachdem Berthold mit einem der Dichtelbacher
Hüber, die der Guldenbacher Mühle größtentheils
zu Frohndiensten verpflichtet und als zum Mühl-
bann gehörig ihm bekannt waren, zur Besorgung
der Wirthschaft auf Scharpfe's Gehöfte das Nö-
thigste festgesetzt hatte, begab er sich zu Bruno und
Beide wanderten gemeinsam dem Thale und der
Mühle zu.

„Ich glaube nicht," sagte Berthold, „daß wir
auf dem ganzen Hunsrücken einen eifrigern und
zuverlässigern Boten hätten auffinden können, als
diesen Scharpfe. Ueberhaupt erweckt die ganze Familie in ihrer jetzigen Sicherheit und Freude nach
so unaussprechlicher Gefahr und Drangsal große
Theilnahme. Wie wunderbar hat es sich gefügt,
welche eigenthümliche, nicht zu erwartende Umstände
mußten zusammentreffen, daß dieses schon festlich ge-
schmückte Opfer dem Aberglauben und der Bosheit
nicht gefallen ist! Ihr wißt, ich stimme nicht mit
Euch überein in Betreff der aufrührerischen Bewegungen dieser Zeit, ich verspreche mir nicht die Wen-

dung der Dinge davon, die Ihr Euch versprecht, insbesondere habe ich diesen Angriff auf Trier von Haus aus mißbilligt, aber — wenn auch Sickingen's Feldzug gar keinen weitern Erfolg hat, wenn auch die Mauern des alten Fürstensitzes dem ritterlichen Sturm und Drange Trotz bieten, das bleibt immerhin ein Ergebniß, daß dieses arme, unschuldige Weib den Krallen der Henker entrissen wurde!"

„Es freut mich, aus Eurem Munde diese Anerkennung zu vernehmen, die Anerkennung eines Schrittes zum Bessern! Freilich, eine Schwalbe macht den Sommer nicht, aber sie verkündet ihn wenigstens. Möge dieser einzelne Fall Eurem zweifelnden Blick das Ziel klar vorhalten, welchem der eingeschlagene Weg entgegenführt!"

Berthold sah nachdenkend und düster zu Boden.

„Vor meinem Blick," sagte er nach einer Pause, „entfaltet sich ein anderes Bild: Ich sehe, wie die großen, starkgläubigen Eiferer der neuen Lehre, ich sehe, wie auch sie Holz herbeitragen zu den Scheiterhaufen, um damit die Luft zu reinigen

zur Aufnahme ihres untrüglichen Wortes! Solcher
Eifer treibt zum Hochmuth und der Hochmuth zur
Gewaltthat! — Darum lobe ich die Frömmigkeit
Dr. Klinge's, weil sie auf Liebe ruht und frei
von Hochmuth ist."

„Und," setzte Bruno gereizt hinzu, „keinen An-
stand nimmt, offenbarem Betrug in majorem dei
gloriam das Wort zu reden. Als ich ihm neulich,
nach Eurer Rehabilitation in der Mühle, bei unserer Rückkehr nach Stromberg die wahre Ursache von
Gorbian's plötzlichem Verschwinden mittheilte und
ihm den ganzen Hergang erzählte, wie Ihr ihn mir
erzählt hattet, richtete sich zuerst sein ganzer Zorn gegen
Gorbian, den räuberischen Wolf im Schafspelze,
dann gegen Euch, der Ihr Euch durch Mißbrauch
Eurer Wissenschaft des Frevels an den heiligsten
Ueberlieferungen der Kirche schuldig machtet, zum
Dritten gegen mich, der ich Solches geschehen ließe.
Ich versicherte ihn, daß ich Euch mein Mißfallen
darüber ausgesprochen; ich machte ihm begreiflich,
daß ich meinen Beruf darin sähe, nur da eine

Anklage zu erheben, wo ich mich von der Schuld wahrhaftigen Einverständnisses mit höllischen Geistern völlig überzeugt hätte. Aber meinen Vorschlag, er möge zu den Franciscanern nach Germersheim gehen und das über Gorbian ergangene vermeintliche Gericht Gottes als das, was es war, als das Kunststück eines Gauklers, unwiderleglich darstellen, diesen Vorschlag wies er zurück mit den Worten: Gott wählt die Mittel seiner Zucht nach seinem Wohlgefallen; Niemand soll ihm vorgreifen!"

„Darin höre ich nur die Stimme frommer Unterwerfung," erwiederte Berthold; „ja, noch etwas Anderes von tieferer Bedeutung, das etwa so lautet: Störe nicht, wo Einer durch Glauben besser wird; nicht die Sache an sich, nur die Vorstellung davon ist das Wirkende, denn was der Mensch glaubt, ist für ihn da."

„Wunderliche Behauptung!" entgegnete Bruno mit Lachen. „Als wir eben den Hügel herabgingen und den Wiesenpfad vor uns überblicken konnten, da glaubte ich, Eure Agnes zwischen den Weiben uns entgegenkommen zu sehen und ich hätte darauf geschworen, daß sie jetzt, nachdem wir um das Gebüsch bogen, vor uns stehen werde, aber seht, sie ist nicht da, obgleich ich es glaubte; ich habe mich eben geirrt."

„Ah," fiel Berthold ein, „Ihr schobt Eure unschön zurückgeschlagene Capuze trotz der Hitze anständig über's Haupt und zogt den schiefhängenden Mantel in die richtigen Falten; Ihr würdet nichts ihr Anstößiges vorgenommen haben; kurz, Ihr habt Euch für sie eingerichtet und sie war für Euch da, weil Ihr es glaubtet und so lange Ihr es glaubtet. — Aber da ist ja Agnes!"

Agnes trat von der Seite aus dem Gebüsch, daß Bruno fast erschrocken zurückfuhr.

„Du schon da, Agnes!" sagte Berthold; „gewiß hat die Neugierde Dich so bald auf den Weg getrieben."

„Ihr sagtet ja," antwortete sie nicht ohne einige Verlegenheit, „wenn Alles im Hause zur Aufnahme der neuen Gäste bereit wäre, sollte ich mich auf den

Weg machen. Ist der Mann schon fort, den Ihr auf Reisen schickt?" fragte sie, wiederum etwas verlegen und zögernd.

„Wenn Du Dich spudest, kannst Du ihn vielleicht noch treffen," antwortete Berthold.

Wir lassen die zwei streitenden Politiker und Philosophen längs dem Bache nach der Mühle weiter ziehen und folgen der lieblichen, muntern Agnes zurück nach Scharpfe's Gehöfte. Anlockend genug sieht sie aus, reiner und feiner als die gewöhnlichen Bäuerinnen der dortigen Gegend; ja, ihr nieblicher Fuß ist sogar mit Schuhen bekleidet, was sie, nach der Sitte jener Zeit, fast auf die Stufe einer Dame emporhebt; nicht minder zeichnet sie sich aus durch ihre übrige Kleidung, deren genaue Beschreibung wir nur darum weglassen, weil sie zu sehr von dem heutigen Geschmack abweicht und dadurch das Bild des schönen Kindes ganz ohne sein Verschulden vielleicht beeinträchtigt würde — kurz, ihr leinenes Unterkleid mit dem faltigen Ueberwurf ist nach Stoff und Schnitt besser, als man es dort bei den Landleuten zu sehen gewohnt war. Aber wir haben darauf zu achten, daß sie unsern Blicken nicht entflieht, denn sie eilt, obgleich es bergan geht, über die Maßen; wie beflügelt sind ihre Schritte und schillernd flattert ihr Kopftuch im Winde. Ohne Jemanden nach dem Wege zu fragen, findet sie den Hof.

„Ich bin wohl recht hier?" sagte sie, als sie, schnell athmend mit wogendem Busen eintrat in die kleine Stube zur Familie Scharpfe. „Von Herrn Förster Berthold bin ich gesandt," wandte sie sich an Marianne, „Euch mit Euren Kindern auf die Guldenbacher Mühle abzuholen."

Mit freundlichen, dankbaren Mienen wurde sie empfangen. Scharpfe saß vor einer ansehnlichen Schüssel mit Haferbrei, um sich für den Marsch noch ordentlich zu stärken, und während Marianne, um der gefälligen Abgesandten desto schneller folgen zu können, im Hause Allerlei besorgte, benützte Agnes die Gelegenheit zu einer Unterredung mit ihm.

„Ich weiß es nicht, aber ich vermuthe es, daß

Ihr in Sickingen's Lager geschickt werdet," sagte sie leise. „Wenn Ihr dahin kommt und findet dort vielleicht den Junker Dieter Faust von Stromberg — ich kenne ihn, er ist der Stiefenkel meiner Base Adeldheid von der Mühle — so vermeldet ihm — meinen — Gruß!" Darauf athmete sie tief auf und setzte sich, als dürfe sie jetzt erst, nachdem sie so Wichtiges vom Herzen losgeworden, sich Ruhe gönnen.

„Wohin ich gehe," antwortete Scharpfe, „darf Niemand wissen; finde ich aber den Junker, den Ihr mir da nennt, so will ich gern Euren Auftrag bestens bestellen." Damit erhob er sich, nahm von Frau und Kindern Abschied und schritt von dannen.

Der Dichtelbacher Hüber war eingetroffen; Marianne gab ihm die nöthige Auskunft und Anweisung; Agnes begleitete sie durch die kleinen Räume des Hauses, durch Scheuer, Stall und Gärtchen, im Stillen erstaunt über die Sorgfalt und Umsicht, die Marianne hierbei an den Tag legte; eine so zweckmäßige wirthschaftliche Einrichtung, eine solche Ordnung und Reinlichkeit, wohin man sah, hatte sie noch bei keinem der dortigen Umwohner getroffen. Vom ersten Augenblick an fühlte sie sich zu Marianne hingezogen und mußte sich gestehen, daß dieses auch der Fall gewesen wäre, wenn sie von ihren Schicksalen gar nichts gewußt hätte.

Bald wanderten Beide, Agnes und Marianne, dem Thale zu, die beiden Kinder fröhlich vor ihnen her. Es entspann sich auch zwischen ihnen alsbald ein Zwiegespräch, freilich sehr verschieden von dem der beiden Männer, die wir vorher auf derselben Strecke begleiteten.

„Ihr vertrautet auch meinem Manne, ehe er ging, noch etwas an, merkte ich vom Hofe aus," sagte Marianne mehr aus freimüthiger Offenheit, als aus Neugierde.

Agnes zögerte mit der Antwort, dann faßte sie einen raschen Entschluß.

„Ich bin seine Verlobte," sagte sie, „aber auf der Mühle wissen sie's noch nicht."

Marianne, als fühle sie sich im Verdacht der Zudringlichkeit, sah sie fast beschämt und zweifelnd an.

„Die Verlobte des Junker Dieter, der mit Sickingen im Feldlager vor Trier steht und für den ich Eurem Mann den Gruß mitgegeben habe," vervollständigte Agnes ihre undeutlichen Worte.

Beim Namen Sickingen fuhr es wie ein Lichtstrahl über Marianne's bleiches Antlitz, aber bald kehrte der Schatten des Ernstes noch düsterer wieder zurück. Doch sie überwand den Schauer, der sie befiel, und kam gerührt und freundlich dem Vertrauen entgegen, welches Agnes ihr schenkte.

Diese erzählte nun, wie Dieter, dem eigentlich die Guldenbacher Mühle mit dem dazu gehörigen Freigut gehöre, oft dahin gekommen, ihr Herz gewonnen und ihr bei seiner letzten Anwesenheit kurz vor Beginn des Feldzuges seine Hand angetragen habe. Ihrem vollen Herzen war es Bedürfniß, Jemanden zu haben, dem sie sich aussprechen konnte, und nun war sie ja so schnell zum Besitz einer Vertrauten gelangt!

Da blickte schon die Mühle aus dem Erlen-
gebüsch, zu früh für Agnes. Sie trat ein mit den
neuen Gästen, die mit großem Wohlgefallen von
Frau Adelheid und Berthold empfangen wurden.

„O wie schrecklich, wie schrecklich!" hörte Berthold am folgenden Tage Agnes leise vor sich hin
sagen mit dem Ausdruck der tiefsten Gemüths-
erschütterung.

„Was hast Du denn?" fragte er betroffen.

„Als ich Mariannen gestern beim Auskleiden
half," antwortete sie, sich scheu umsehend, „da nahm
ich's wahr: ihr ganzer Körper ist voll furchtbarer
Narben von der Folter, die sie hat ausstehen
müssen!"

„Befrage sie nicht darüber, Agnes," sagte Berthold; „denn wie die Wunden ihres Körpers müssen
auch die ihrer Seele durch die Zeit vernarben, und
dürfen nicht viel berührt werden. Du verstehst mich
wohl?"

„Ich will ihr recht beistehen und sie aufrichten,
daß vielleicht der düstere Zug des Grams aus ihrem

sanften Antlitz verschwindet. Sie ist so verständig, theilnehmend und umgänglich, als wäre sie feiner auferzogen, als die gewöhnlichen Leute."

„Das gab vielleicht die erste Veranlassung zu ihrer Verfolgung bei ihren Landsleuten," bemerkte Berthold. „Ihr Mann wird hoffentlich bald und unversehrt von der Mosel zurückkehren!" —

Und so war es. Am Tage vor Kreuzeserhöhung, den 14. September, trat Scharpfe nach angestrengtem Marsche noch bei guter Tageszeit in die Mühle.

„Haltet es mir nicht nach," sagte er, den Schweiß von der Stirn wischend, „daß ich ein Ueberbringer von Hiobsposten bin! Heute hebt Franz von Sickingen die Belagerung von Trier auf und tritt unverrichteter Sache mit Sack und Pack den Rückzug an."

„Setzt Euch und erzählt ruhig!" sagte Berthold; „ich war auf solche Nachricht gefaßt."

„Als ich ihm das von Euch empfangene Schreiben einhändigte," berichtete nun Scharpfe weiter,

„sagte er mir — denn er erkannte mich sogleich wieder — noch ehe er es erbrochen hatte: Ihr seid der dritte Rabe, der heute angeflogen kommt; wahrscheinlich kenne ich bereits Eure Botschaft. Doch als er den Brief las, stampfte er mit dem Fuß und rief einen von den Hauptleuten, den ich nicht kannte, und sagte: Nun sind wir hier fertig! Mynkwitz mit seinem Haufen ist abgeschnitten; die erwartete Zufuhr in Feindeshänden! — Das entfuhr ihm so, während ich noch da stand. Darauf sah er mich an und, den Finger auf den Mund legend, entließ er mich bis auf Weiteres. Ich blieb nun zwei Tage dort. Sogleich bemerkte ich, daß im ganzen Lager eine große Bewegung entstand. Noch ein Hauptsturm wurde auf den andern Tag festgesetzt; den habe ich mit angesehen; das war noch ein anderes Trommeln und Trompeten, Donnern und Blitzen, als beim Bombardement von St. Wendel; aber Alles vergeblich. Erst waren die benachbarten Berge gegen Osten der Stadt besetzt; hernach ging es mehr an der Nordseite von St. Maximin aus auf

die Stadtmauern los. Aber die Trierer wehrten
sich, wie es Keiner hätte denken sollen. Alles half,
die ganze Bürgerschaft, Zünfte und Gilden, Mönche
und Nonnen, Frauen und Mädchen; allein über
fünfhundert Geistliche hatten sich behelmt und ge-
harnischt, der Landsknechte und Söldner nicht zu
gedenken, die vor der Sickingen'schen Ankunft noch
schnell in die Stadt gezogen waren. Auch schossen
sie mit großem Geschütz schwere Kugeln aus der
St. Simeons und der Domkirche und der Erzbischof
selbst leitete die ganze Vertheidigung von Anfang
bis zu Ende in eigener Person. Als nun noch einmal ein Sturm zurückgeworfen war, da hatte es
mit dem Pulver ein Ende, denn zwanzig Tonnen
waren umsonst verschossen worden; auch die Lebens-
mittel im Lager waren ausgegangen und neue konnten nicht mehr herbeigeschafft werden. Sickingen
hielt mit den Hauptleuten und Edeln einen langen
Rath und — der Abzug wurde beschlossen."

„Gab's auf Seiten der Belagerer auch große
Verluste an Menschen?" fragte Berthold.

„Nein, nur Einzelne wurden getödtet oder verwundet."

„Und sonst habt Ihr nichts zu berichten?"

„Doch, ich habe Grüße zu vermelden von Junker Dieter Faust von Stromberg an Euch und an Frau Adelheid und an ihr Bäschen Agnes. Er wäre selbst noch frisch und gesund, sollte ich Euch sagen; aber es sähe im Ganzen schlecht aus und würde jetzt viel zu thun geben, auch dann, wenn sie aus dieser Patsche wieder heraus wären; sobald werde er schwerlich hierher auf die Mühle kommen können, denn er müßte Franz von Sickingen begleiten, um ihm seine Burgen und Schlösser festmachen zu helfen. Auch habe ich noch," fuhr Scharpfe nach einer Pause zögernd fort, „von Einem zu vermelden, der Eisenmenger heißt und Euch bekannt ist. Der hatte — es war am zweiten Tage der Belagerung — einen Theil des schweren Geschützes, das gegen die Korenzport weit vorgerückt war, in Bewachung, als die Trier'schen früh Morgens einen Ausfall machten. Seine Kameraden liefen davon, er aber legte sich auf den Boden hinter einen Gartenzaun, vermuthend, daß er ungesehen bliebe. Die Trier'schen aber, nachdem sie schnell eine Karthaune und zwei Feldschlangen, so gut sie konnten, vernagelt hatten, bemerkten ihn und nahmen ihn gefangen. Sie wollten ihn mit in die Stadt schleppen und unversehrt lassen, wenn er auf ihre Seite zu treten gelobte. Da rief er laut aus: Ich will lieber sterben in Franzens, meines Herrn Gnad' und Gunst, als am Leben bleiben im Joch der Trierer! Da sprang Einer der Umstehenden hervor, zog das Schwert und hieb ihn zusammen. So ist es geschehen und so sollte ich's Euch hinterbringen, trug mir der Junker Dieter Faust von Stromberg auf."

Auf Berthold machte diese Nachricht einen tiefern und schmerzlichern Eindruck, als alles Uebrige. Eisenmenger war sein treuester Freund und der einzige ihm noch übrige Genosse seiner Jugend, den er nach langer Trennung so zufällig hier wiedergefunden hatte. Ohne ein Wort zu sprechen, verließ er

das Haus, um draußen in der Natur, in ungestör-
ter Einsamkeit, die er stets aufzusuchen pflegte, wenn
sein Inneres heftig erschüttert war, sich seinen Gedanken zu überlassen. Man sah ihn langsam hin-
schreiten über den Wiesenpfad, bis er zwischen dem
Gebüsch sich verlor.

Jetzt erst begrüßte Scharpfe ordentlicher Weise
die Seinen und wurde von diesen, sowie von Agnes
und Frau Adelheid noch über Manches ausgefragt.
Er schilderte ihnen einzelne Vorfälle: Den furchtbaren Brand von St. Maximin, den Sturz der
Mauer am Schellenthor und all den sonstigen
ungeheuren Schaden, den die Stadt Trier und auch
die Umgegend erlitten. „Desto größer," schloß er,
„ist der Verdruß unter den Rittern und Knechten,
daß dies Alles umsonst war. Aber bei alledem ist
Keiner im Heer, der trotz der mißlichen Lage nicht
bereit wäre, für Franz von Sickingen Gut und
Blut hinzugeben!"

Ihrerseits wußten seine Frau und seine Kinder
ihm nicht genug zu erzählen, wie gut sie es auf

ter Mühle während seiner Abwesenheit gehabt hätten; auch sei draußen auf dem Gehöfte, wo sie einige Mal gewesen, Alles in guter Ordnung.

Mit Agnes sprach Scharpfe einige Worte unter vier Augen und übergab ihr ein kleines Packetchen; es enthielt ein schön gearbeitetes goldenes Kreuz. „Dies sollte ich Euch," sagte er, „von Junker Dieter Faust zum Geschenk überbringen; es wäre noch von seiner verstorbenen Mutter her und er hätte es immer bei sich gehabt; Ihr möchtet es aber von jetzt an tragen ihm zu Liebe." Agnes verbarg es erröthend unter ihrem Mieder.

Jetzt war es Zeit für die Familie Scharpfe, wieder heimzukehren auf ihren Hof.

„Sprecht nur recht oft auf der Mühle zu; wenn Ihr einen guten Rath oder sonst was bedürft, so wißt Ihr, wo wir zu finden sind," sagte beim Abschied Frau Adelheid. Agnes begleitete sie noch eine weite Strecke.

„Du hast durch Scharpfe noch eine besondere Botschaft erhalten, Agnes!" sagte Frau Adelheid nach ihrer Rückkehr.

Agnes schlug die Augen nieder.

„Und auch ein Geschenk? — Du brauchst es nicht mehr zu verschweigen, Kind; wir wissen Alles, Georg und ich; was könnte auch seinem Blicke entgehen? — Wir hätten es gern verhüten mögen, denn es ist gegen Brauch und Regel und darum zu widerrathen. Du gehst einem schweren Stand entgegen, davon kann ich selbst am besten erzählen, und doch waren damals die Zeiten noch anders als heute; die Herren hielten damals mehr auf Zucht und Ehre und fester an ihrem Wort. Aber wo es nun nicht mehr zu ändern ist, wollen wir es als Gottes Fügung ansehen; er gebe seinen Segen dazu!"

„Das hat er mir geschenkt," sagte Agnes, hingerissen durch die freundlichen Worte, unter Thränen und zog das Kreuz hervor. „Es stamme noch her von seiner verstorbenen Mutter; von jetzt an sollte ich's tragen ihm zu Lieb'.

Frau Adelheid ging an einen Schrein, holte aus verschiedenen Schmucksachen eine Capsel hervor

und öffnete sie. Ein dunkelroth funkelndes Granat-
band lag darin. „Siehe, diese Schnur," sagte sie,
„schenkte mir sein Großvater Wohlfried Faust, als
ich seine Braut war. Du solltest sie haben, wenn
ich todt wäre; nimm sie jetzt und trage sie mir zu
Lieb'!"

Mit diesen Worten band sie das Kreuz an die
Schnur und hing sie dem von Dank und Rührung
sprachlos vor ihr auf die Kniee sinkenden Mädchen
um den Hals.

Der Winter, in jener Gegend früher sich einstellend, rückte heran. Franz von Sickingen hatte
seinen Rückmarsch von Trier auf dem rechten Mosel-
ufer ohne weitern Verlust, in bester Ordnung und
ungebrochenen Muthes, vollführt. Jenes Schriftstück, welches schlagende Beweise von dem Wankel-
muth mancher Ritter und Herren, die für seine
entschiedensten Anhänger galten, enthielt, war in
seine Hände gekommen, aber wie bereits umwunden
von den Schlingen seines Verhängnisses, schob er
es bei Seite, ohne das Gewicht darauf zu legen,

das es verdiente.   Seine Hauptsorge war jetzt darauf gerichtet, seine Burgen in Vertheidigungszustand zu setzen, Werbungen für neue Kriegsmannschaft auf's kommende Jahr anzuordnen und neue Bündnisse zu schließen, um nicht nur jedem Angriff, woher er auch komme, Trotz zu bieten, sondern auch mit Benutzung der Unruhen, die im Bauernstande bereits auszubrechen begannen und im Anschluß an die reichen, den Landesherren grollenden Städte, mit nächstem Frühjahr gegen die Fürsten wieder die Offensive zu ergreifen. Dieter Faust war ihm überall zur Hand und wurde vielfach auch bei den Unterhandlungen mit den verschiedensten kleinen und großen Höfen des deutschen Reichs als Abgesandter von ihm gebraucht.

Um so stiller und friedlicher hatte sich unterdessen das Leben auf der Guldenbacher Mühle gestaltet. Der Umbau war vollendet, der Arbeiterhaufen entlassen. Die neue Einrichtung entsprach vollkommen den Erwartungen. Die Umwohner, darüber erstaunt, drängten sich herbei, um noch möglichst ihren Wintervorrath von dem neuen, von allen Hülsen befreiten Mehl zu erhalten, denn der Frost kam heran und langsam begannen Schnee und Eis die Zugänge zur Mühle zu versperren, ja zuletzt das Guldenbacher Thal gänzlich von der Außenwelt abzuschließen. Glückliche Zeit der Ruhe und Erholung für den Landmann, besonders für den armen Huber jener Gegend, vorausgesetzt, daß ihm von dem geschmälerten Ertrag des während der übrigen Jahresabschnitte vergossenen Schweißes so viel übrig blieb, um den unerläßlichsten Forderungen seines anspruchslosen Lebens zu genügen! Die Feldarbeit ist gethan, die Frohndienste ruhen, die hundertfältigen Plagen, womit die Herren des Bodens ihn heimsuchen, hören einmal auf. Durch die starre Faust des Winters gegen sie vertheidigt, weilt er sicher unter dem niedrigen, mit Schnee bedeckten Strohdach, athmet einmal auf und durchlebt Stunden eines stillen, gemüthlichen Daseins, wenn auch der Wolf des Soonwaldes des Nachts bis an seinen Hof streift. Die Tagesarbeit ist nur

unterhaltende Beschäftigung; an den langen Aben=
den sitzt die Familie in der warmen Stube bei der
Fackel des Kienspans; die Nachbarn kommen zu=
sammen, um durch trauliche Gespräche die Zeit zu
kürzen.

Seit einer langen Reihe von Jahren hatte sich
um Frau Adelheid, die mit dem Sohn den ganzen
Frieden ihrer Seele wiedergefunden, kein so gemüth=
liches Leben gestaltet, wie in diesem Winter. Bert=
hold machte sich's zur Aufgabe, diese Stimmung in
jeder Weise zu befördern, obgleich ihn auch noch
manches Andere in rastloser Thätigkeit erhielt. Fast
so oft es die Witterung erlaubte, reiste er nach
Simmern, um dort mit dem Herzog über die Mit=
tel zu berathen, wodurch der Gewerbfleiß und mit
ihm der Wohlstand der armen Bewohner des Lan=
des in nachhaltiger Weise gehoben werden konnte.
Die Einführung eines ordentlichen Bergbaues und
Hüttenwesens zur Gewinnung von Eisen in einer
Gegend, wo die überall zu Tage liegenden Erze
dazu aufforderten und die vortrefflichen Wasserkräfte

des Gulbenbaches, sowie die Holzmassen des Soonwaldes alle erforderlichen Hilfsmittel an die Hand
gaben, war es, was er sogleich bei der Rückkehr in
sein Thal in's Auge gefaßt hatte und jetzt mit dem
größten Interesse verfolgte.

Nämlich auch dieser Zweig menschlicher Bestre-
bung hatte im Anfang des Jahrhunderts, in welches
unsere Erzählung uns versetzt, mit den Fortschritten
auf dem Gebiete der Naturwissenschaft einen neuen
Aufschwung genommen und auch hier ging die An-
regung von Italien aus. Berthold war von jeher
diesen Studien zugethan, hatte auch Manches auf
seinen Wanderungen durch eigene Anschauung kennen gelernt. Jetzt galt es, darüber zu sinnen, in-
wieweit von seinen Erfahrungen, besonders inwie-
weit von den Entdeckungen und Anweisungen der
berühmten italienischen Forscher, deren Werke über
Metallurgie dieser Wissenschaft damals eine neue
Bahn brachen, hier Gebrauch gemacht werden könnte.
Unter Anderm war das nasse Pochen des Erzes,
um es von dem tauben Gestein zu scheiden, mittelst

des Wassers und der Daumwelle, bisher gänzlich unbekannt. Berthold hatte einen Plan zur Anlage eines nassen Pochwerkes und einer Schmelzhütte im Guldenbacher Thale nicht nur entworfen, sondern auch schon gleich nach seiner Ankunft alle Vorbereitungen zur Ausführung getroffen.

Zwischen der Familie Scharpfe und den Bewohnern der Guldenbacher Mühle hatte sich, troß der Entfernung der Wohnungen voneinander, ein nachbarliches, freundliches Verhältniß erhalten; wenn der Schnee nicht unüberwindlich war, kamen sie zusammen. Agnes fand in Mariannen einen Umgang, wie er ihr bisher gefehlt; sie konnte ja ihr Herz bei ihr erleichtern über Dieter, der gar nichts, auch gar nichts mehr von sich hören ließ. Bertholb aber, der im Einverständniß mit dem Landesfürsten überall darauf bedacht war, bessere Kenntnisse der Bodencultur in der Gegend zu verbreiten, und bei Scharpfe eine größere Empfänglichkeit dafür fand, als bei vielen Andern, ließ es sich angelegen sein, ihm Rathschläge und Anweisungen zu

ertheilen. Insbesondere gewann er ihn für den An-
bau des Roggens, einer bis dahin hier völlig un-
bekannten Getreideart. Berthold hatte ihm den
Samen verschafft und ein großes Stück Feld war
noch vor Beginn des Frostes damit besäet worden:
die Saat war prächtig aufgegangen. Jetzt harrte
sie unter tiefem Schnee dem kommenden Frühling
entgegen und Scharpfe sah im Geiste schon, wie
seine Scheuer mit den Garben der seltenen Frucht
sich füllte. — Folgte der Hoffnung auch die Er-
füllung? — —

Ehe wir uns jedoch gänzlich in der Mühle ein-
schneien und vom Verkehr mit der Außenwelt ab-
schneiden lassen, halten wir es für unsere Pflicht,
uns noch einmal nach Dr. Klinge umzusehen. Der
ehrenwerthe, strenggläubige Franciscaner-Guardian,
der eine der mächtigsten und consequentesten Par-
teien seiner in politischen wie kirchlichen Dingen so
weit auseinandergehenden Zeitgenossen vertrat, hatte
seit seiner Niederlage in der Gulbenbacher Mühle
schwere innere Kämpfe durchgemacht. Allerdings war

sein Glaubenssystem nicht im Mindesten dadurch erschüttert worden, aber mit der Frage, wie er den gegebenen Fall unterzubringen, wie er sich überhaupt in der Faustsache, sowohl dem wirklichen als dem eingebildeten Dr. Faust gegenüber, zu verhalten habe, zumal da das Gerücht von dem schauerlichen Ende des Letztern bereits in Palästen und Hütten sich befestigt hatte, damit war so leicht nicht in's Reine zu kommen. Auf der einen Seite forderte die Wahrheit des Thatsächlichen ihr gebieterisches Recht, auf der andern Seite band ihn sein vielleicht allzurasch gegebenes Wort, über Alles schweigen und die Welt in ihrem Irrthum bestärken zu wollen, wobei schwer in die Wagschale fiel, daß durch den erhaltenen unumstößlichen Beweis der Nichtigkeit von Faust's Höllenfahrt, sowie durch die ihm ge= wordene Aufklärung in Betreff der Teufelserschei= nung in der St. Gebhardscapelle, seine eigene Ueber= zeugung von der Verbindung dieses Faust mit über= natürlichen Gewalten in's Schwanken gerathen mußte. Einem Irrthum wissentlich Vorschub zu

leisten, widersprach seiner Achtung vor der Wahr=
heit: — aber sollte er sein gegebenes Wort brechen?
sollte er — was seinem Gefühl noch mehr wider=
sprach — hinaustreten vor das Volk mit dem in
seinem Munde gewichtigen Worte: Seht, Faust's
Teufelsbund und Höllenfahrt ist ein Märchen; der
vermeintliche Hexenmeister lebt im Thale des Gul=
denbaches harmlos und in Frieden? Sollte er
durch einen solchen Angriff auf das verbürgteste,
wirksamste Beispiel dämonischer Gewalt und heim=
gesuchten Frevels, durch einen solchen Riß in den
Zusammenhang von Schuld und Strafe, wie er im
Volksbewußtsein mit den heilsamsten Folgen sich
geltend machte, bei dem schwachen, die nackte Wahr=
heit ja ohnehin nicht vertragenden Volke das ganze
Gebäude seines festen Glaubens erschüttern und
dadurch den verderblichen Aufklärern, den häreti=
schen Humanisten in die Hände arbeiten? Eine
Sünde beging er, wenn er schwieg, eine Sünde,
wenn er redete.

Dazu kam noch ein ganz besonderer Umstand.

Dr. Klinge, seit Jahren die Wege des Dr. Faust, wenn auch nur aus ziemlich weiter Ferne, beobachtend, hatte die Fahrten und Abenteuer des höllischen Schwarzkünstlers gesammelt, zu einem Ganzen geordnet und niedergeschrieben. Freilich verfuhr er hierbei nicht kritisch und mit jener Vorsicht, die in solchen Dingen beobachtet werden muß, wenn es gilt, Gerüchte von Thatsachen zu unterscheiden. Auf letztere kam es ihm zunächst auch nicht an; sein Zweck war, durch ein Beispiel, wie es in der berüchtigten Person des Dr. Faust dargeboten wurde und für jene Zeit nicht schlagender gewählt werden konnte, die Macht des Widersachers in seinem sichtbaren Verkehr mit den Menschen „männiglich zur Lehr' und Warnung" darzustellen. Seine anfangs nur hingeworfenen Notizen gestalteten sich allmälig zu einer vollständigen Biographie, wobei Abkunft, Geburt und Jugendjahre des Helden ebenfalls nicht fehlen durften. Von den verschiedenen über diesen Punkt verbreiteten unsichern Nachrichten hatte er bereits diejenigen aufgenommen, die ihm die verbürg-

testen schienen. Als er nun bei seinem Aufenthalt
in der Nahegegend als unbestrittene Thatsache er=
fuhr, daß die Wiege seines Helden, die er an einen
ganz andern Ort verlegt hatte, im Guldenbacher
Thal gestanden, ja daß seine Mutter hier noch am
Leben war, als er durch persönliche Anschauung,
wie unsern Lesern bekannt ist, sich hiervon überzeugt
hatte, stand sein Entschluß fest, in dieser Hinsicht
sein Manuscript zu verbessern. Jetzt aber schuf ihm
der Auftritt mit Faust=Berthold in der Mühle ganz
andere und größere Schwierigkeiten. Faust's Ende
hatte er, wie es ihm berichtet worden war und er
es in der Mühle vorgetragen, seinem Werke als
nothwendigen Schluß einverleibt. Was sollte er
jetzt thun?

Dr. Klinge war eigentlich ein Gefühlsmensch,
dabei aber von der größten Einbildungskraft; die
Idee beherrschte ihn; sie behauptete auch hier das
Feld und half ihm über die Schwierigkeiten. Die
Idee, wie sie in ihm lebte, wie sie im gläubigen
Volke längst angeregt war, mußte ausgesprochen

werden. Die Person des Dr. Faust war ihre Trä-
gerin geworden, durch ihn symbolisirte sich nach
seiner Auffassung die tiefere, ewige Wahrheit, worauf
das Heil der Menschheit beruht. Die unmittelbaren
Eingriffe des Teufels in Gottes schöne Weltord-
nung, sein leibhaftes Erscheinen unter den Menschen, deren Selbstsucht, Hoffahrt und Sinnenlust
die Stricke sind, womit er sie einfängt, der kurze
Freudentaumel und die ewige Qual der ihm an-
heimgefallenen Seelen, das waren die Grundan-
schauungen, die seit Jahrhunderten flüchtig und in
losem Zusammenhange sich geltend gemacht hatten,
jetzt aber in dem Leben und den Schicksalen des
Dr. Faust gleichsam verdichtet und auch für den
Stumpfsinnigsten fühl- und greifbar geworden, der
wankelmüthigen, fester Stützen bedürfenden Welt
zu unumstößlicher Ueberzeugung gebracht werden
sollten. Zeit, Ort, Namen der Person sind hierbei
an sich Nebendinge und vom Zufall abhängig; sie
müssen angegeben werden, ihre Angabe braucht nicht
richtig, sondern nur bestimmt zu sein. Die Ach-

tung vor der historischen Wahrheit wird unterdrückt durch das Interesse für das Zweckmäßige, Heilsame, von den Umständen Gebotene; wie bei der Mutter, die dem Kinde, damit es nicht den Rand des Teiches betritt, vom bösen Wassermann erzählt, und diese Vorstellung so lange bei ihm aufrecht erhält, bis es durch eigenen Verstand die Gefahr einsieht; wie bei dem Dichter, der durch die Entdeckung, in einem seine Ideale verkörpernden Kunstwerke hier oder dort von der Geschichte abgewichen zu sein, sich nicht stören läßt; wie bei den hervorragendsten Herrschern, Gesetzgebern und Religionslehrern des Alterthums, die zur Mehrung ihrer Macht und ihres Ansehens, zur Verstärkung der Eindringlichkeit ihrer Lehre den wundergläubigen Hang des Volkes zu Hilfe nahmen und einen sogenannten „frommen Betrug" nicht scheuten, weil sie außer Stande waren, auf anderm Wege eine tieferer Einsicht entsprungene, dem Ganzen heilsame Einrichtung in's Leben zu rufen.

Also sich hinwegsetzend über reale Widerstände, folgte Dr. Klinge dem Drange der Idee. Diese

forderte jenes Ende des Faust als den allein be=
friedigenden, nothwendigen Schlußaccord der vor=
hergegangenen Dissonanzen.

In der Benedictinerabtei zu Sponheim, wo er
nach seinem Besuch in der Mühle noch mehrere
Wochen verweilte, vollendete er sein Manuscript.
Vor seinem Scheiden aus der Gegend hatte er zu
Stromberg noch eine Zusammenkunft mit dem Do=
minicaner Bruno.

„So geht denn hin," sagte dieser am Schluß
ihrer kurzen, heftigen Unterredung, „und ergötzt die
Welt mit Eurer Teufelsepopöe! Sie wird stürmi=
schen Beifall ernten! Sie wird Rhapsoden finden,
die sie dem hingerissenen Pöbel auf den Straßen
vorleiern; sie wird mit frischem Thau die welkende
Pflanze des Aberglaubens besprengen und Früchte
hervorbringen, die Eure eigene Erwartung noch
übertreffen!"

„Ohne Aberglaube kein Glaube, ohne Teufel
kein Gott!" antwortete Klinge und ging seines Weges.

VII.

Das Jahr 1523, verhängnißvoll für die innere Gestaltung des deutschen Reiches auf Jahrhunderte, eröffnete der Kampflust und dem Kriegstumult ein weites Feld. Besonders aber wurden die Rhein- und Nahegegenden von seinen Stürmen heimgesucht. Schon im März fing es an, allenthalben sich zu regen, Gebietsverletzungen, Räubereien und einzelne blutige Gefechte zwischen den Parteigenossen der einzelnen Führer fanden statt. Während die drei großen Verbündeten, Trier, Pfalz und Hessen, die sich die Triumvirn zur Wiederherstellung des Reiches nennen ließen, in der That aber der zersplitternden landesfürstlichen Obergewalt nach Kräften vorzuarbeiten suchten, über einen umfassenden Plan zur

15*

Unterdrückung der aufständigen Ritter, Bauern und Städte brüteten, benutzten ihre Untergebenen die Gelegenheit, alte Scharten auszuwetzen und durch feindliche Ueberfälle Rache nach allen Seiten zu üben.

Unter den Trierern war seit ihrer Erhebung gegen Sickingen's Angriff ein ungewöhnlich kriegerischer Geist erwacht, den sie durch fortgesetzte Waffenübungen zu erhalten suchten. Schon vor dem Winter war das Städtchen St. Wendel durch Gerlach von Isenburg und zwei Cohorten Trier'schen Fußvolkes den Sickingen'schen wieder entrissen worden. Jetzt aber unternahmen sie kecke Streifzüge in die angrenzenden Gebietstheile des mächtigen Ritters, über den des Reiches-Acht und Aberacht ausgesprochen war, sowie in die seiner Freunde, und suchten sich durch Raub und Plünderung für die erlittene Unbill, so viel sie konnten, schadlos zu halten.

Zwischen dem Kurfürsten von Trier und dem Herzog Johann von Simmen hatte bereits ein Schriftenwechsel stattgefunden wegen Herausgabe aller während der Sickingen'schen Invasion aus dem Trier'schen auf Simmern'sches Gebiet geflüchteter Personen, insbesondere aber wurde mit Nachdruck die Auslieferung der rechtskräftig zum Tode verurtheilten Marianne Scharpfe nebst Rückgabe ihres dem Fiscus von St. Wendel verfallenen Vermögens verlangt. Der friedliebende Herzog gab nach, so weit er irgend konnte; was aber die Familie Scharpfe betraf, so weigerte er sich, trotz ernstlicher Drohungen, auf das Verlangen einzugehen. Jedoch war die Sache innerhalb der Grenzen diplomatischer Unterhandlungen geblieben und drüber hinaus nichts davon ruchbar geworden.

Zu Anfang des Monats April, als eben der Tag zu dämmern begann, aber noch ein dichter Morgennebel auf den Feldern lag, hielt auf der oben erwähnten, von Bacharach über Simmern nach Trier führenden Landstraße, da wo sie an Scharpfe's Grundbesitz hinstreifte, ein Haufe Gewappneter zu Pferde, neben denen ein Bauer stand, der nach Scharpfe's Gehöfte hindeutete. Es waren ihrer zwölf von der Besatzung St. Wendels; der Meier des dortigen Hochgerichts ritt an ihrer Spitze.

„Zwei begleiten mich! die Uebrigen verbergen sich hinter den Buchen da bis auf ein gegebenes Zeichen!“ sagte der Meier und ritt mit den Erlesenen auf Scharpfe's Wohnung zu.

Hier befand sich Alles noch im tiefsten Frieden, wie es zu sein pflegt in der letzten Stunde der scheidenden Nacht. Scharpfe und die Seinen lagen im festen Schlafe.

Der Meier stieg vom Pferde und pochte mit starken Schlägen an der Hausthür. Nach einer Weile erst erschien Scharpfe mit der Frage: „Was soll's hier?“ am geöffneten Fenster.

„Oeffnet die Thür, weckt die Eurigen und macht Euch reisefertig!“ erhielt er zur Antwort.

Sofort aber erkannte er den Mann, der da sprach, und ein Todesschreck durchschauerte seine Glieder.

„Ich öffne nicht!“ rief er hinaus; „ich stehe unter dem Schutze des Herzogs von Simmern, meines Herrn, und habe Euch in keiner Sache Folge zu leisten!"

Der Meier hieß die beiden Reisigen absitzen und nach wenigen mit Streitkolben gegen die Thür geführten Stößen fuhr sie auf. Da stand Scharpfe, mit grimmiger Geberde ein Beil über seinem Haupte schwingend.

„Kommt und holt mich!" schrie er, außer sich vor Wuth und Entsetzen; „lebendig kommt mir Keiner über diese Schwelle!"

„Gebt der Vernunft Gehör!" sagte der Meier, „zunächst handelt es sich nur um die Person Eurer Frau, die durch Urtel und Recht unserm Gericht verfallen ist; sodann um deren Gut. Legt Euch nicht auf Widerstand; es hilft Euch nichts!"

Scharpfe blieb unbeweglich in der drohenden Stellung.

Marianne in der Stube, unterdessen über Alles, was da vorging, völlig im Klaren, hatte das Bett verlassen, riß mit convulsivischer Hast ihr ältestes Kind aus dem Schlafe, warf ihm ein Kleidungsstück

um und hob es an der Rückseite des Hauses zu
einem hier vorhandenen engen Fenster hinaus auf's
Feld.

„Lauf' nach Dichtelbach!" raunte sie ihm in's
Ohr; „wecke die Leute! Mordbrenner wären da, sie
sollen zu Hilfe kommen! Dann lauf' nach der Mühle
und rufe Herrn Berthold; — sie wären gekommen,
Deine Mutter zu rauben!"

Das Mädchen, doppelt angespornt, durch die
Mutter und durch das Getöse auf dem Hofe, huschte
dahin und verschwand im Nebel.

Dies geschah, während die Thür des Hauses
eingeschlagen wurde. Jetzt kleidete sich Marianne
an, weckte den Knaben und nahm ihn zitternd in
ihren Arm.

Unterdessen waren die übrigen Reisigen auf das
gegebene Zeichen zum Hause herangesprengt.

„Ihr da umstellt rings das Haus!" befahl der
Meier; „und Ihr bringt hinein, sucht sie auf und
zieht sie an's Tageslicht hervor, in welchem Schlupf-
winkel sie sich auch verbirgt!"

Die Vordersten drangen mit Streitkolben und Stoßwaffen auf Scharpfe ein. Tapferer, grimmiger, als er sich wehrte, wehren sich Löwen und Tiger nicht für ihre Jungen. Da erhielt er einen Stich in die Brust und sank wie leblos zu Boden. Sie stürzten über ihn weg in die Wohnung, fanden Marianne, schleuderten den Knaben von ihrer Seite und umwanden sie mit Stricken.

„Haben wir Dich nun, Hexenbalg!" schrien sie triumphirend und schleppten sie hinaus nach dem Hofe.

Als sie, sich selbst für verloren haltend, auch ihren Mann im Blute daliegen sah, blickte sie zum Himmel, krampfhaft die umwundenen Hände erhebend. „Gott," rief sie in herzzerreißendem Tone, „der Du da droben über uns waltest, habe Barmherzigkeit und schaue herab auf unser Elend!"

„Rufe den Teufel, Deinen Herzliebsten an, und siehe zu, ob er Dir hilft!" schrie lachend einer der Bewaffneten und riß sie weiter.

„Nun nicht mehr gezögert!" befahl der Meier.

Die Männer schwangen sich in die Sättel. Ohn-
mächtig wurde Marianne von einem derselben auf's
Pferd gehoben und festgebunden, und in schärfstem
Trabe ritten sie davon. —

„Was steht Ihr da und gafft, statt zu Hilfe
zu eilen?" rief Berthold, der athemlos an Dichtelbach vorüberrannte, einem vor dem Dorfe versam-
melten Haufen Bauern zu, die, Jung und Alt, da
standen und nach Scharpfe's Gehöfte hinsahen mit
scheuen, staunenden Blicken. „Auf, und mir nach,
wenn es nicht schon zu spät ist!"

„Mit Verlaub, Herr Förster," antwortete einer
der Männer, „Ihr wißt nicht, was dort vorgeht,
sonst würdet Ihr Euch gewiß auch aus dem Spiele
lassen. Gott ist's, der dort Gericht hält! Andern
Falls hätten die dort Einem aus unserer Gegend
einmal ein Haar krümmen sollen! Wir waren schon
im Begriff hinzurennen, sind aber noch zeitig genug
von dem Wegweiser der Berittenen in Kenntniß gesetzt worden. Eine Hexe haben sie abgeführt! Marianne, die Frau des Scharpfe, war — Gott, schütze

uns — eine Hexe, die schon längst dem Hochgerichte verfallen ist!".

„Feige Narren!" rief Berthold; „mir nach, wer ein gutes Gewissen hat!" und verdoppelte seine Eile.

Einige der Bauern folgten ihm vorsichtig und zaghaft; andere, die das Beispiel nachahmen wollten, wurden durch ihre Frauen und Kinder daran verhindert. Scharpfe's Mädchen war auf der Mühle zurückgehalten worden.

Auf dem Gehöfte angekommen, übersah mit einem Blicke Berthold die Lage der Dinge. Und was er nicht sah, das schilderte ihm, so wie wir es berichteten, nachher ein Augenzeuge der That, jener von den Reitern als Führer mitgeschleppte Bauer.

Scharpfe lag auf der Thürschwelle seines Hauses, neben ihm saß der Knabe.

„Die Mutter haben sie mitgenommen und den Vater todtgestochen und mir arg weh gethan," sagte der Knabe, auf seine Hüfte deutend.

Berthold beugte sich nieder zu dem Verwundeten.

Er lebte noch und machte einen vergeblichen Versuch, sich aufzurichten.

Berthold untersuchte die Wunde.

„Laßt mich!" sagte Scharpfe, alle Kraft zusammennehmend; „laßt mich und eilt den Räubern nach!" Hierbei machte er eine zweite krampfhafte Bewegung, um aufzuspringen, aber ebenfalls fruchtlos.

Mit Hilfe einiger jetzt hervorschleichender Dichtelbacher wurde er in die Stube und auf's Bett getragen. Mit großer Geschicklichkeit, aber eben so großer Eile wusch Berthold die tiefe Wunde aus und verband sie, empfahl den Unglücklichen der Pflege der jetzt theilnehmend ihn umstehenden Bauern und eilte davon.

In dem bald erreichten Flecken Rheinböllen gelang es ihm, ein Pferd zu erhalten. Man wollte hier die Schaar der Reiter vor Tagesanbruch haben durchkommen, aber nicht wieder zurückkehren sehen. Er jagte auf der Landstraße weiter, so schnell das Pferd laufen konnte, nach Simmern. Ohne alle Verzögerung wurde er hier bei dem Herzog vorgelassen; er stellte

ihm mit der größten Kraft seiner Beredtsamkeit den
Vorfall dar, nicht bloß als eine unmenschliche Grau-
samkeit, sondern auch als eine Verhöhnung aller
Rechte und Gesetze, da nach ältestem Herkommen
ein einsamgelegener Hof, wie ein Gotteshaus, auch
den größten Verbrechern eine Freistätte gewähre,
deren Schwelle nur mit Beobachtung vorgeschriebener
Regeln überschritten werden dürfe. Doch dieser
Hinweisung bedurfte es nicht bei dem Herzog Johann, der, ein eben so warmer Menschenfreund als
ein tapferer Streiter gegen die wahnwitzigen Ver-
irrungen seines Zeitalters, mit der höchsten Ent-
rüstung die Kunde vernahm. Augenblicklich ließ er
fünfzig Gewappnete aufsitzen, um die Flüchtigen zu
verfolgen, und zwar auf Berthold's Rath in zwei
Abtheilungen, wovon die eine die Richtung nach
der Mosel, die andere die Richtung nach St. Wendel
hin einschlagen sollte. Zugleich fertigte er einen rei-
tenden Boten an den damals in Regensburg weilen-
den Trier'schen Kurfürsten ab.

Darauf ritt Berthold in möglichster Eile zurück

nach dem Guldenbach. Er stieg ab auf dem Hofe Scharpfe's; — dieser war unterdessen verschieden.

Ohne sich aufzuhalten eilte er weiter und erreichte noch an demselben Tage Stromberg, woselbst er den Dominicaner von Allem in Kenntniß setzte.

Wenn es den Reisigen des Herzogs nicht gelang, die räuberische Schaar einzuholen und ihnen die Beute zu entreißen, so war eine Rettung für Marianne nur noch von dem schleunigsten Einschreiten Bruno's zu hoffen, der durch seine amtliche Stellung, durch seine vielfachen Verbindungen im Trier'schen und sein gewichtiges Ansehen allein im Stande sein durfte, die augenblickliche Vollziehung eines furchtbaren Richterspruchs von der Verurtheilten abzuwenden.

Nach kurzer Berathung übernahm es Bruno, mit Sonnenaufgang des nächstfolgenden Tages aufzubrechen, und auf den kürzesten Wegen sich zunächst nach St. Wendel, und von da nöthigenfalls nach Trier zu begeben.

Drei Tage hatte man bereits auf der Gulden=

bacher Mühle in der äußersten Spannung auf irgend eine Nachricht vergeblich gewartet. Scharpfe war unterdessen beerdigt worden; seine Kinder erhielten einstweilen eine Aufnahme in der Mühle — da wurde von Simmern her gemeldet, daß es dem herzoglichen Streifcorps nicht geglückt war, die Flüchtigen einzuholen, die auf verborgenen Wegen, von kundigen Führern geleitet, das Trier'sche Gebiet erreicht hatten.

Erst am sechsten Tage nach seiner Abreise erschien Bruno in der Mühle.

Müde und matt trat er in die Stube, wo sich Berthold mit den Hausgenossen befand, und ließ sich nieder auf der ihm zunächst stehenden Bank. Das sonst so lebhafte Feuer seines Blickes war wie erloschen.

„Was habt Ihr ausgerichtet?“ fragte Berthold.

„Ich kam zu spät!“ antwortete Bruno.

Eine Pause trat ein, denn Niemand wagte weiter zu fragen.

„Den Bericht bin ich Euch schuldig," sagte endlich der völlig erschöpfte und nur mühsam sich zum Sprechen zusammennehmende Freund; „er ist kurz. Als ich hinabritt in das Thal der Blies — Roß und Reiter hatten das Ihrige gethan — und St. Wendel vor mir lag — da sah ich jenseits des Städtchens eine dunkle Gruppe, die sich immer mehr entfaltete und weiter ausdehnte. Was ist dort? fragte ich den Ersten, der mir begegnete. Sie verbrennen eine Hexe! lautete die Antwort; Ihr seht ja das Feuer! — Ich sah eine Rauchwolke. — Wer ist es? wie heißt sie? fragte ich. Marianne Scharpfe; sie ist noch vom vorigen Jahr! antwortete der Befragte und ging seines Weges."

Agnes war todtenbleich geworden. Frau Adelheid, die Hände faltend, brach in die Worte aus: „O Gott, konntest Du das geschehen lassen?"

Berthold starrte vor sich hin, die Bewegung seines Innern gewaltsam niederkämpfend.

Die Wege Gottes sind unerforschlich," sagte er; „wolle nicht nachgrübeln, Dein Auge wird trübe und Dein Geist verwirrt sich)! Thue das Deine und erhalte Dir Deinen Frieden!"

In Bruno aber begann jetzt die verborgene Gluth zu sprühen; die plötzlich über sein Antlitz fliegende Röthe verkündete ihren Ausbruch und sein Auge fing an in seinem frühern Glanze, nur mit größerer Lebendigkeit, wieder zu strahlen.

"Unschuldige Seele," rief er mit leidenschaftlicher Geberde, "die Flammen, die Deinen reinen Leib verzehrten, sind nicht erloschen mit Deinem Leben! Sie leuchten Deinen Rächern, die da erwacht sind, auf ihren Wegen, und zünden Denen die Fackeln an, die noch schlaftrunken im Finstern tappen! Fürchterlich entbrennen wird der Kampf, und mit dem Siege muß er enden! — Mit welcher Scham, mit welchem Schmerz werden kommende Geschlechter ihre Blicke abwenden von diesen Gräuelscenen unserer Tage! — Auf, ihr Ritter, ihr heiligen Kämpen! Es gilt einen neuen Kreuzzug! nicht gegen Barbaren und Ungläubige — es gilt den Kampf gegen ein Ungeheuer, gegen das scheußlichste, das die Erde geboren, gegen den Drachen des Aberglaubens! Auf und taucht in seinen giftgeschwollenen Leib die gefeiten Schwerter!"

Damit erhob er sich, wie mit neuer Kraft gerüstet, um weiterzugehen.

Berthold faßte seine Hand und sagte mit bewegter Stimme: „Mit der Zeit reift die Frucht am friedlich gepflegten Baume, die stürmende Faust aber schüttelt sie ab und verloren geht die Ernte!"

Bruno machte eine verneinende Bewegung mit der Hand und entfernte sich.

Berthold aber war tiefer erschüttert, als man aus seinen besänftigenden Worten hätte schließen sollen; mit Mühe hatte er seinen Gleichmuth, der ihn fast nimmer verließ, behauptet; Schmerz, Zorn und Niedergeschlagenheit drängten sich in seinem Innern und wogten gegeneinander; die Stürme des Herzens wollten seinen klaren Geist umdüstern. Er verließ die Hausgenossen und begab sich auf seine Stube.

Hier öffnete er das Fenster und sah hinaus in's Freie mit einem Blick, dessen finsterer Ernst mit der Heiterkeit des erwachenden Frühlings, wie er jetzt aus Wald und Wiese lächelte, im schärfsten Contraste stand. Die Worte, die er eben zur Mutter gesagt: „Die Wege Gottes sind unerforschlich; wolle nicht nachgrübeln!" murmelte er leise vor sich hin in einem Tone, als mißtraue er seiner eigenen Lehre. „Nicht nachgrübeln!" fuhr er nach einer Pause fort, indem er die Rechte an die gefaltete Stirn hielt. „Also das, und das allein, ist der letzte Trost? — Schaue die Irrung und Verwirrung um Dich her, fühle den Schmerz, empfinde das Elend, aber forsche nicht nach seiner Quelle, denn Du versinkst in einen gähnenden Abgrund! — Euch, ihr Kinder der Natur, ihr Thiere des Waldes, ihr Vögel in den Lüften, euch beneide der Mensch, denn ihr habt noch den Frieden des Paradieses, der für ihn verloren ist, weil er vom Baume der Erkenntniß gegessen! — Erkenntniß, dunkles Wort, zweischneidiges Schwert, wie

viel gibst Du, wie viel nimmst Du dem Menschen?
Was ist der Glaube ohne Dich? — eine Brand=
fackel in der Hand des Wahnsinnigen! Was bist
Du ohne den Glauben? — eine hagere Bettlerin
vor der Thür des Reichen, der da schwelgt, wo
Du hungerst, und seine Orgien beginnt, wo Du
hilflos verendest!"

So stand er, in quälende Gedanken versunken,
und legte die Hand auf's Herz, als wollte er da=
mit dessen Unruhe beschwichtigen. Sein Schmerz,
vom Einzelnen auf's Allgemeine übergehend, ver=
wandelte sich in eine tiefe, unaussprechliche Weh=
muth, die allmälig milderen, ja zuletzt erhebenden
Empfindungen Raum gab.

Agnes war zu den auf dem Hofe spielenden
Kindern Marianne's getreten. Selbst unbeachtet,
sah er, wie sie dieselben unter einem Strome von
Thränen an ihr Herz drückte, küßte und liebkoste.
Es war, als hätte sie bei den nichtsahnenden, un=
schuldigen Kinderherzen, die der Schlag, obgleich sie
ihn nicht fühlten, doch am härtesten traf, sich selber

Trost in ihrem Schmerze holen wollen; dann war es wieder, indem sie sie von Neuem an sich drückte, als wolle sie ihnen Trost zusprechen und sagen: „O ich will Euch beistehen, Euch ersetzen, was in meinen Kräften steht." -

„Kommt denn die Mutter bald wieder? Hat es der Pater Bruno gesagt?" fragte das Mädchen.

„Sie kommt noch nicht wieder, aber Ihr bleibt hier bei uns, bis sie wiederkommt," antwortete Agnes, nahm die Kleinen, ein Jedes an eine Hand, und ging mit ihnen hinaus in's Grüne an den rau= schenden Bach, als hätte ihr Herz Trost und Er= leichterung gefunden in sich selbst, in dem Gefühl seiner Liebe zu den hilflosen Waisen.

Berthold sah ihnen nach mit einem innigen, fast freudigen Blick. „Hier," rief er endlich aus, indem er die Hand fester auf sein Herz drückte, „ja hier, nicht da braußen, liegt unser Hort! Hier liegt der Schlüssel zu den Dingen, liegt der Urquell aller Erkenntniß! Hier, ja hier ist die letzte Instanz, die, wenn alle Acten gelesen, alle Verhandlungen geschlossen sind, den endgiltigen Ausspruch thut, auf alle Fragen die letzte, einzige Antwort gibt; — sie lautet: Habe Vertrauen!"

Mit diesem Worte richtete er sich empor und sein Antlitz gewann wieder den alten Ausbruck heiterer Ruhe.

„Wunderliches Menschenkind!" endete er lächelnd sein Selbstgespräch, „was willst Du mehr? Was kannst Du mehr wollen in den Schranken, die Dich umgeben? — Darum: Grübele nicht nach! Thue das Deine, und hast Du's gethan, so blicke nach oben, die Hände faltend mit Vertrauen!"

VIII.

Der auf Sickingen's mißglücktes Unternehmen gegen Trier erfolgte Rückschlag war durch Marianne's Schicksal nur im Kleinen angedeutet. In demselben Maße, wie das Bestreben des kühnen Ritters sich herausstellte als gerichtet gegen ein herrschendes, von den ersten geistlichen und weltlichen Mächten vertheidigtes System in Staat und Kirche, zeigte sich jetzt auch der Ingrimm seiner von der Gefahr augenblicklich befreiten Gegner energisch und schonungslos, da es galt, ein warnendes Beispiel aufzustellen, verderbenbrohende Principien mit der Wurzel auszurotten. Aus den Stürmen, die den kirchlichen Horizont umzogen, wetterleuchtete ein Demokratismus,

deſſen Widerglanz auf dem politiſchen Gebiet die
Bewegungen des von Sickingen vertretenen Ritter-
thums, gegenüber den Landesfürſten, in einem be-
ſonders gefährlichen Lichte erſcheinen ließ, ein Demokratismus, der einige Jahre nach der Zeit, in welche
die von uns erzählten Begebenheiten fallen, die
verheerenden Flammen des Bauernkrieges entzündete.
Gewiß waren auch hier, wie dies gewöhnlich bei
ähnlichen Erhebungen der Fall iſt, in einer Art
von idealiſtiſcher Verklärung die ſelbſtſüchtigſten In-
tereſſen wirkſam und mit dem Motto: Förderung
des allgemeinen Wohles, ſetzten ſich Eigennutz und
Habgier in ſtürmiſche Thätigkeit. Die Ritter hatten
zu ihrem Kampf mit dem fürſtlichen Abſolutismus
bereits in den Bewohnern der Städte Verbündete
gefunden; ob ſie auch den ſchon aufgeregten Bauern-
ſtand zu Hilfe zu nehmen ernſtlich geſonnen waren,
wie weit ſie den Forderungen deſſelben, im Falle
des Sieges, Rechnung zu tragen beabſichtigten, dieſe
Frage läßt die Geſchichte unbeantwortet. Wenn
wir auch geneigt wären, Franz von Sickingen ſelbſt

die edelsten Motive unterzulegen, ihm eine über
kleinliche Selbstsucht erhabene Richtung zuzutrauen,
so ist es doch gewiß, daß ein großer Theil seiner
Anhänger nur aus Privatinteressen, nur um dem
lange gehegten Groll gegen die sie beeinträchtigenden
Landesherren Luft zu machen, ihm folgte. Die
Landesherren aber, die geistlichen wie die weltlichen,
hatten in Sickingen's Schilderhebung jene ewige
Feindin des fürstlichen Absolutismus, nämlich die
Auflehnung einer hervorragenden Körperschaft, zu
bekämpfen. Es war ihnen im Lauf der Jahre gelungen, für ihre separatistischen Herrschergelüste, dem
Kaiser und Reich gegenüber, einen festen Boden zu
gewinnen, jetzt galt es, den kecken Trotz des Ritter-
standes, der mit seinen Verbündeten als das letzte
Bollwerk eines einheitlichen deutschen Reiches ihnen
entgegenstand, für immer zu brechen. Sie hatten
zu Bundesgenossen Alle, die der zur Zeit bestehenden
Ordnung in Staat und Kirche anhingen und vor
Neuerungen jeder Art zurückbebten. So war ein
Kampf eingetreten, dessen Ausgang über Deutsch-

lands Geschicke auf Jahrhunderte entschied, eine Krisis von weltgeschichtlicher Bedeutung.

Ueber Franz von Sickingen war nach seinem Angriff auf Trier des Reiches Acht und Aberacht ausgesprochen worden; ein Theil seiner Verbündeten hatte ihn verlassen, die Macht seiner Feinde dadurch um ein Beträchtliches vermehrt, seinen Muth aber nicht wankend gemacht. Er selbst war es wiederum, der, dem Feinde zuvorkommend, mit dem Beginn des Frühlings den Feldzug eröffnete. Nach einzelnen vom Glück nicht begünstigten Streifzügen warf er sich in seine mit neuen Gräben und Wällen versehene Veste Landstuhl, leitete von hier aus die weitern Unternehmungen und wartete auf Hilfe, die ihm theils von seinen bisherigen Verbündeten versprochen war, theils durch Sendboten, welche Franken und Schwaben, ja selbst Baiern, Oesterreich und Böhmen durchreisten, geworben werden sollte.

Mit seltener Einhelligkeit und Eile hatten die drei mächtigen Reichsfürsten, Trier, Pfalz und Hessen, ihre Streitkräfte gesammelt. Gegen Ende des Monats April standen sie mit einer eben so gewaltigen Macht zu Roß und zu Fuß, als furchtbaren Masse von Belagerungsgeschützen vor Landstuhl und ließen aus Hauptstücken, Scharfinetzen, Karthaunen und Nothschlangen ein bis dahin unerhörtes mörderisches Feuer gegen die Veste beginnen.

Durch einen kühnen Ausfall gelang es dem nun gänzlich umzingelten Ritter, noch einen zur Vertheidigung der Burg nicht verwendbaren Theil seiner Reisigen, denen er Aufträge an die Verbündeten und seine wichtigsten Papiere mitgab, zu entlassen. Unter diesen befand sich auch Junker Dieter Faust von Stromberg. Er hatte den Auftrag, ein versiegeltes Packet von Schriftstücken an den Herzog Johann von Simmern abzugeben, sodann dem Ritter Schenk von Schmidtburg eine Botschaft zu überbringen und mit dessen Hilfe im Nahethal neue Truppenwerbungen zu betreiben.

Auf Umwegen war es ihm gelungen, den Hunsrück und Simmern zu erreichen.

„Wenn man Euch hört," sagte der Herzog in

Gegenwart seines Amtmanns Kaspar's Kratz von Scharfenstein zu dem Junker, der ihm bei Uebergabe der Papiere von Sickingen über, den Stand der Dinge weitläufig berichtet hatte — „wenn man Euch hört, sollte man glauben, Franciscus säße so sicher auf Landstuhl, wie damals Jupiter auf dem Olymp, als die Giganten ihn erstürmen wollten."

„Noch sicherer, gnädigster Herr, noch weit sicherer!" antwortete Dieter; „denn obgleich ich nicht mehr weiß aus meinen Schulstudien, wie viel Karthaunen dem Jupiter damals zu Gebot gestanden haben, so kann ich das doch dreist behaupten: Franz ist dergestalt verschanzt und vermauert, mit Pulver und Mundvorrath versehen, daß er es dort mit Leichtigkeit aushalten wird, bis das letzte Fähnlein der Eidgenossen zu seinem Entsatz herangerückt ist."

„Wie steht's mit seiner Gesundheit?"

„Ein bischen Podagra abgerechnet, ganz vortrefflich, ja, nach seiner guten Laune zu urtheilen, kann man sagen, daß er sich nie wohler befand.

Sie hätten neue Geschütze, er neue Mauern, ließ er ihnen sagen, als sie ihn zur Uebergabe aufforderten. Auch wolle er ihnen von seiner Armuth Brot und Wein mit auf den Weg geben, wenn die Zeit gekommen, daß sie wieder abzögen. Als sie darauf ihre Feldschlangen reden ließen, antwortete er mit einem Nachdruck, daß reihenweise ihre Söldner niederstürzten. Wahrlich, Herr, man muß erstaunen, wenn man sieht, mit welcher Umsicht und Rührigkeit er Alles leitet! Wird an den Mauern irgendwo ein Schaden sichtbar, so ist er da und legt sozusagen eigenhändig ein Pflaster drauf, seinem alten Glück mit alter Kühnheit hingegeben."

„Sind die Grafen Fürstenberg und Zollern im Anmarsch?" fragte der Herzog weiter.

„Ich bin entsandt, sie an ihr Versprechen zu mahnen."

„Also einige Besorgniß ist doch vorhanden?"

„Ja, gnädiger Herr; die Besorgniß, daß die Fürsten, wenn sie, ehe der Entsatz kommt, an der Veste von Landstuhl sich müde gerannt haben, ihr

Heer wieder auseinanderlassen und dadurch einem Hauptschlage entgehen!"

Nach diesen Worten empfahl sich der zuversichtliche Junker.

Herzog Johann von Simmern befand sich in einer schwierigen Lage; Freundschaft und innere Hinneigung zum freiheitlichen Princip knüpften ihn an Sickingen, verwandtschaftliche Rücksichten aber und seine fürstliche Stellung an Kurpfalz. Ein Feind der herrschenden Mißbräuche, der Heuchelei und des Aberglaubens, aber eben so ein Feind des Krieges und gewaltsamer Katastrophen, suchte er während des ausgebrochenen Kampfes die strengste Neutralität zu behaupten und vor Allem von seinem Land und Volk das unheilvolle Kriegsgetümmel fernzuhalten. Sickingen selber hatte ihn in Betracht seiner eigenthümlichen Stellung in jenem Fehdebrief, den er vor Ausbruch des Krieges an den Kurfürsten von der Pfalz erließ, ausdrücklich als einen nicht mit ihm in Fehde Begriffenen ausgenommen, selbst für den Fall, daß er „aus schuldiger Pflicht oder andern

unausweichlichen Rückſichten" dem Kurfürſten Zuzug
geſchickt hätte: gleichwohl war er durch das bei der
damaligen Kriegführung herrſchende Raubſyſtem
einer fortwährenden Gefahr, ſowie andererſeits auch
in Behauptung ſeines politiſchen Standpunktes den
ſchärfſten Colliſionen ausgeſetzt. Herzog Johann
bildete eine höchſt bemerkenswerthe Ausnahme unter
den Fürſten ſeiner Zeit, ja man könnte ſagen, unter
der Mehrzahl der Fürſten aller Zeiten; er war
einer jener ſeltenen Männer, die nach einem andern
Ruhm trachten, als der iſt, den die Fama verbreitet;
ſogenannte Großthaten, die ſo oft den kleinſten,
ſelbſtſüchtigſten Beweggründen entſpringen, hat die
Geſchichte nicht von ihm verzeichnet; ſeine Thaten
dürften in einem andern Verzeichniß, das unab-
hängig vom Weltlärm und deſſen Chroniſten geführt wird, aufgeſchrieben ſein. Auf der Höhe der
Bildung ſeiner Zeit, den eingehendſten Studien
der Gelehrſamkeit hingegeben, im innigſten Verkehr
mit den damaligen Förderern der Wiſſenſchaft und
geiſtigen Bewegung — Hutten ſelbſt hatte ihm

mehrere seiner Briefe gewidmet — blieb er doch Fürst und zwar im edelsten Sinne des Wortes, indem er neben seinen gelehrten Forschungen auch dem Kleinsten, was mit dem Wohl seiner Unterthanen zusammenhing, die Sorgfalt nicht entzog und mit seltenem Geschick es verstand, die Ergebnisse wissenschaftlicher Studien augenblicklich für's Leben nutzbar zu machen. Wie er für die Hebung des Ackerbaues und Gewerbfleißes sorgte, haben wir bei einer frühern Gelegenheit bereits erwähnt; wie er aber nach andern Richtungen hin der wahren Civilisation vorarbeitete, wie er die Bewohner seiner Residenz Simmern von der noch auf ihnen lastenden Leibeigenschaft und den drückenden Frohndiensten befreite, durch Zusammenlegung der Pfarrstellen die Zahl unthätiger Geistlichen verminderte, den Gelehrten, die sich in Simmern um ihn sammelten, eine Druckerpresse errichtete, die Stadt durch prächtige Bauten verschönerte, dies Alles und vieles Andere aufzusuchen und zusammenzustellen, liegt außer unserer Aufgabe, dürfte aber für den Forscher in vaterländischen Geschichten eine eben so anziehende als dankeinerntende Arbeit sein.

Die Bedeutsamkeit des jetzt eröffneten Kampfes für die Lösung der großen drängenden Zeitfragen verkannte der Herzog keinen Augenblick, aber mehr in Besorgniß, als in Hoffnung verfolgte er den Gang der Ereignisse und mit der äußersten Spannung war sein Blick auf Landstuhl gerichtet.

„Seht Ihr, Kaspar," sagte er, als Junker Dieter das Gemach verlassen hatte, lächelnd und mit lauter Stimme nach dem Amtmann gewandt, „wie übertrieben wieder Eure Vorsicht ist. Während dort Alles, wie Ihr soeben aus dem Munde des Junkers selbst vernommen habt, zu den besten Hoffnungen berechtigt, seht Ihr den Franz schon unter den Füßen seiner Feinde und in Folge dessen eine solche Noth und Drangsal, daß Ihr die beiden Hände über die Casse halten zu müssen glaubt."

„Mit Verlaub, gnädigster Herr, es handelt sich nicht um die paar Gulden für den Berthold; — aber wozu dient Pochwerk, Eisenschmelz, Eisenhammer

und was er sonst noch anzulegen im Kopfe hat,
wozu dient es anders, als die Raubgier und Zer=
störungswuth der übermüthigen Sieger anzulocken,
wenn Sickingen erliegt, was trotz des Junkers Ver=
sicherungen schwerlich ausbleibt? Handel und Ge=
werbe geräth in Stocken; Alles geht rückwärts;
das ist keine Zeit zu weitschweifigen Unternehmungen!"

Auf des Fürsten Antlitz kehrte der frühere Ernst
zurück. „Was der Junker sagt," antwortete er,
„bethört mich nicht; Ihr aber, lieber Kaspar, seid
hierdurch ermächtigt, dem Berthold das verlangte
Geld und noch mehr, wenn er es bedarf, zu über=
senden mit der Ermunterung, bei seinem Werke
fleißig fortzufahren."

„Eure Durchlaucht haben zu befehlen," sagte
Kratz mürrisch und ging. An der Thür wandte er
sich um und sagte: „Ich hätte fast vergessen zu ver=
melden, daß der Dominicaner Bruno von Strom=
berg draußen auf ein gnädiges Gehör wartet."

Der Herzog machte eine bejahende Bewegung.
Bruno trat ein.

„Habe das Schreiben empfangen," sagte der Herzog, ihm entgegentretend, „kann Eurer Meinung aber in diesem Punkte nicht beitreten. Was sollen die dogmatischen Zänkereien und Aufwiegelungen unter den armen Leuten des Hunsrücks? Was würden sie anders bringen, als höchstens Zwiespalt, Sittenlosigkeit und am Ende einen Bundschuh? Laßt unsere Hüber noch im Glauben und Gehorsam; oben muß man anfangen, dann bringt's nach unten von selbst, aber nicht umgekehrt!"

„Was oben geschieht, das wissen Eure fürstlichen Gnaden und halten zur Sache der Wahrheit und Gerechtigkeit," antwortete Bruno fest; „aber wird nicht auch unten angefangen, so wird's ewig beim Alten bleiben."

„Ja, auch unten muß angefangen werden, aber nicht auf diese Manier!" fiel der Herzog mit strengem Ton ein. „Ich würdige Euren Eifer und Euer Verdienst," fuhr er dann sanfter fort; „Ihr habt bisher nicht ohne Muth und Gefahr manches Uebel verhütet, einer, so Gott will, bessern Richtung

der Zeit folgend und sie benutzend, aber ihr vor=
greifen, auch das bringt Schaden; ihr Wagen rollt
heute schnell genug; — bei Landstuhl könnt Ihr
sehen, wie seine Räder Funken sprühen; darum ge=
duldet Euch!"

"Aus diesem Grunde, gnädigster Herr, gilt es
jetzt, sich zu spuden, um nicht zurückzubleiben! Vor=
wärts mit dem Ritter, denn seine Fahne wird bald
über Deutschland wehen!"

"Ihr seht wohl schon, wie er im kaiserlichen
Purpur seine Getreuen belohnt?" sagte der Herzog
lächelnd und als Bruno darauf nicht antwortete,
fuhr er fort: "Es bleibt bei meinem Bescheide;
haben in Rheinböllen jene beiden Apostel der neuen
Lehre — hessische Ueberläufer, schreibt Ihr,
wären es, von den Truppen des Landgrafen —
sich in den Augen der dortigen Geistlichen der Ver=
breitung von Ketzereien verdächtig gemacht und sind
sie dem weltlichen Arm überwiesen, so ist mein
Wille, daß sie, ohne Beschädigung an Leib und Habe,
unverzüglich über die Grenze transportirt werden!"

Die Unterredung war beendigt. Bruno trat ab. Jetzt überlief der Herzog noch einmal den mit den eingesiegelten Papieren erhaltenen Brief Sickingen's. „Ja, noch immer," sagte er vor sich hin, „die alte Zuversicht, der alte Trotz! — Und doch diese Vorsichtsmaßregeln! „„Meine wichtigsten Schriftstücke habe ich aus der Burg hinausbringen lassen an verschiedene Orte; die beikommenden Documente — sie betreffen größtentheils meine Kinder — möget Ihr mir bis auf Weiteres aufbewahren."" — Nun, wie Gott will, alter Recke! Er hat die Entscheidung! Deine Sache ist keine schlechte Sache, gehe es, wie es gehe!" Damit verschloß er das Packet in einen Schrank.

In dem Vorzimmer hatte Bruno den Amtmann Kratz noch getroffen.

„Der Herr ist heute nicht in der besten Laune," sagte er, mit der Miene zurückgehaltenen Unwillens nach dem fürstlichen Cabinet deutend.

„In der vortrefflichsten!" erwiederte Kratz sarkastisch; „er bewilligt Gelder, so viel man haben will."

„Ich verstehe wohl; Euch kritelt, was er be=
willigt, mich, was er versagt; doch ein Fürst muß
einen Willen haben. Bei Euch handelte es sich ge=
wiß um die neue Anlage im Guldenbacher Thal? —
Da könnt Ihr unbesorgt sein; der Meister Berthold
versteht seine Sache!"

„Je schöner er baut, desto eher sitzt der rothe
Hahn auf seinem Dache!" antwortete Kratz.

„Hört, Herr Amtmann," versetzte Bruno darauf
mit Ekstase: „Was der Meister Berthold dort ein=
richtet, dürfte noch bestehen, wenn längst dieses
Schloß mit seiner Herrlichkeit in Trümmern liegt! —
Wo ist Junker Dieter?"

„Längst über alle Berge!" erhielt er zur Ant=
wort.

Bruno begab sich auf den Rückweg. Obgleich
getäuscht in der Hoffnung, den Herzog zu mildern
Maßregeln gegen die verfolgten Eindringlinge zu
stimmen, schritt er doch wohlgemuth dahin in dem
Gedanken: Es wird bald anders werden! —

Berthold's Bauthätigkeit war nie größer, als

grade in diesen Tagen. Vom frühen Morgen bis in die späte Nacht befand er sich an der Baustelle, die nur etwa zehn Minuten unterhalb der Mühle lag, da wo ein gewaltiger Fall des durch ein Seitenbächlein verstärkten Guldenbaches zu einer Anlage, wie er sie vorhatte, einlud, und unter den Händen zahlreicher Arbeiter auf dem zu dem neuen Hüttenwerk längst gelegten Fundamente sich die Mauern schon zu ansehnlicher Höhe über den Boden erhoben. Die Bewohner der Gegend staunten eben so über den ihnen unerklärlichen Plan des ganzen Baues, wie über die Verwendung einzelner Materialien, die ihnen bisher ganz fremd gewesen waren. Vollends aber schien ihnen die Schnelligkeit, womit Alles ausgeführt wurde, an's Wunderbare zu grenzen.

„Man meint, das könnte nicht mit rechten Dingen zugehen!", hörte man einen Vorübergehenden sagen.

„Die Alte dort hat einen guten Gehilfen," erwiederte ein Anderer, indem er mit geheimnißvollem Blick nach der Mühle deutete.

„Ihr meint wohl den Jäger?"

„Ja, den Jäger mit dem Pferdefuß und der Hahnenfeder."

„Wie, den Berthold?"

„Was Berthold! Der Berthold ist ihr Knecht, steht unter ihrer Leitung und thut nur, was sie ihm befiehlt. So hat er ihr auch die Mühle hergerichtet. Ich mag von dem Brot nicht essen, was aus dem Mehl gebacken wird! Wer hat in der Welt erlebt, daß das Mehl fein und fertig unter dem Mühlstein hervorkommt?"

„Sprecht leise! Dort steht sie vor ihrer Hofthür! Da könnte man leicht zu Schaden kommen."

„Kommt bei Seite, daß sie uns nicht sieht! Mir graut, wenn ich Abends allein hier vorbei muß, und ich vermeide es, wie ich kann. Freilich, sie treibt's schon lange, aber seit ihr Sohn in die Hölle gefahren ist, wird es täglich schlimmer, statt besser. Es ist eine Schande für die ganze Gegend, daß das so hingeht."

Es sollte aber nicht so hingehen. Während die

Blicke der Welt auf die Veste von Landstuhl ge=
richtet waren und dort der Held des Jahrhunderts,
von übermächtigen Feinden eingeschlossen, allen Ge=
fahren trotzend, das Schicksal herausforderte, das
ihm von Stunde zu Stunde bedrohlicher entgegen=
trat, zog sich auch über der Gulbenbacher Mühle,
wo der größte Hexenmeister aller Zeiten unter
fremdem Namen schaltete und sich für sicher hielt,
ein Wetter zusammen, das zu unausweichbarem
Verderben sich entladen zu wollen schien.

Schon vor Bertholb's Ankunft im Gulbenbacher
Thale war Frau Adelheib, als Mutter des Dr. Faust,
Vielen ein Gegenstand des Argwohns und des
Mißtrauens. Unter dem Volk ging mancherlei Ge=
rede über die kluge, seltsame Frau und ihr abgeson=
dertes Leben, aber das Ansehen der Faust'schen
Sippschaft, ihre eigene Zerknirschung über den ruch=
losen Sohn und besonders die schützende Hand
Bruno's bewahrten sie bis dahin vor jeder ernstlichen
Verfolgung. Jetzt, nachdem die Kunde über Faust's
klägliches Ende sich allenthalben verbreitet hatte,

nachdem sein Verhältniß zum Fürsten der Finsterniß, durch schriftliche Documente, wie durch die bereits im Druck erschienenen Aufzeichnungen Dr. Klinge's, unwiderleglich festgestellt war, Frau Adelheid aber nichts weniger als betrübt und bußfertig schien, ja vielmehr sich hartnäckig weigerte, die von ihrem neuen Seelsorger, dem Nachfolger Gorbian's, ihr vorgeschriebenen Bußübungen vorzunehmen, jetzt wurde auch in weitern Kreisen und an höhern Stellen der Argwohn gegen sie rege und es bedurfte nur einzelner Angaben bestimmter Thatsachen, um sie auf das Hexenregister zu bringen. Solcher Angaben nun fanden sich genug und wurden eifrig gesammelt. Zunächst folgende: Um jene Stunde, als Berthold den Pater Gorbianus züchtigte, also in der Nacht, in welcher Faust zur Hölle fuhr, waren zwei Männer aus Warmsroth des Weges gekommen, der an der St. Gebhardscapelle vorbeiführte. Sie erklärten, durch einen Eid bekräftigen zu können, daß sie gesehen, wie das alte Gemäuer von einem seltsamen Feuer erleuchtet und rings die Luft von Schwefeldunst angefüllt gewesen wäre, und daß sie, nachdem sie voll Grauen ihre Schritte beschleunigt, auf dem Felde vor der Thür des Mühlenhofes ein Weib einsam im nächtlichen Regen hätten stehen sehen. Der Zusammenhang dieser Spukgeschichte mit dem Ereigniß in Maulbronn war außer Zweifel; der Jubel der bösen Geister über die Empfangnahme des Sohnes mußte ja auch der Mutter sich kundgeben, ja von ihr mitgefeiert werden. Warum dies grade in der St. Gebhardscapelle geschah, war ein Gegenstand weiterer Nachforschung. Die damals in der Gegend ausgebrochene Viehseuche hatte hierin jedenfalls ihren Grund. Was aber von Allem das schlimmste Licht auf Frau Adelheid warf, war, daß sie sich taub zeigte gegen alle Ermahnungen, durch Buße, Gebete und Opfer irgend etwas zu thun, um den auf ihrem Hause lastenden Zorn Gottes zu mildern, ja sich mit beispielloser Widerspenstigkeit weigerte, zur Linderung der Qualen ihres Sohnes auch nur eine Seelenmesse lesen zu lassen, wozu sie durch den

Nachfolger Gordian's so oft und so nachdrücklich aufgefordert wurde. Hierdurch lud sie neben dem Verdacht der Hexerei auch den der Ketzerei auf sich, jener Ketzerei, die, durch die neue Lehre verbreitet, von der Messe nichts wissen wollte und hier und da auch in dieser Gegend aufzutauchen anfing.

Der Dominicaner Bruno, der schon früher dadurch, daß er sie in Schutz nahm, einer Verfolgung vorbeugte, hatte jetzt all' sein Ansehen und das ganze Gewicht seiner Stellung geltend zu machen, um ein gerichtliches Vorschreiten gegen sie zu hemmen. Er stand auf den Höhen des Hunsrücks wie ein Blitzableiter, wenn eine vom Dunst des Aberglaubens erzeugte Wolke sich über der Gegend entladen wollte. Aber wurden nicht auch schon Blitzableiter vom Sturm weggeschleubert?

Auffallend war es, wie Berthold, dem diese Dinge keineswegs entgingen, sich sorglos und gleichgiltig dagegen verhielt. Eine andere, ihn mehr beunruhigende Wolke sah er am fernen Horizont aufsteigen.

Junker Dieter nämlich, den sein Weg nach der Unterredung mit dem Herzog zu Simmern durch's Guldenbacher Thal führte, hatte sich, wie eilig er auch war, in der Mühle bei der Verlobten einen Augenblick Rast gegönnt; auch hatte er an Berthold etwas abzugeben. Es war dies die Abschrift einer Urkunde, die sich unter den von Sickingen dem Herzog übersandten Papieren befand, von Sickingen auf den Wunsch Berthold's ausgefertigt war und über die Identität Berthold's mit Johann Georg Faust, dem verschrieenen Schwarzkünstler, einen beglaubigten Nachweis enthielt. Kaum hatte sein Pferd das ihm vorgeworfene Futter aufgezehrt, als er sich wieder in den Sattel schwang und davonsprengte. Agnes mußte ihn, noch fast ehe sie von der Ueberraschung seines Besuches recht zu sich gekommen war, schon zwischen den Erlen wieder verschwinden sehen.

„Agnes," sagte Berthold — sie hatte, um eine Thräne zu verbergen, sich seitwärts zu Marianne's Kindern gebückt — „er hat sich nach so langer Trennung doch allzu rasch mit uns abgefunden."

„O die Eile, die Aufregung, die Sorge," antwortete sie, ihn entschuldigend, „das Alles erfüllte und drängte ihn zu sehr; wie sollte er sich da noch mit andern Dingen aufhalten? Habt Ihr nicht selbst oft wiederholt, wie viel auch für ihn jetzt auf dem Spiele stehe?"

„Du hast Recht," sagte Berthold; „es steht für ihn Alles auf dem Spiele; geht es mit Sickingen schief, so ist Stumpf, Dein Vater, ein reicher Mann gegen ihn, denn die racheschnaubenden Sieger werden ihm auch nicht lassen, wo er sein Roß unterstellen kann. Arme Agnes, die Du Dich bisher in die schönen Gemächer von Goldenfels träumtest, wirst Du dann noch sein Loos theilen wollen, wenn er, aller seiner Habe beraubt, als geächteter, verfolgter Buschklepper umherirrt und vom Stegreife leben muß? Hast Du hierüber schon nachgedacht?"

„Wie könnt Ihr so reden?" antwortete Agnes verletzt; „wäret Ihr nicht sonst so gut, so würde ich Euch gar keine Antwort geben. Ob im Schloß oder in der Hütte, nur an seiner Seite bin ich glücklich, und mein Leben gebe ich hin, kann ich ein Uebel von ihm abwenden!"

Berthold sah sie an mit einer fast wehmüthigen Theilnahme und drängte in sich zurück, was ihm auf den Lippen schwebte. Warum sollte er dem harmlosen Kinde sein Mißtrauen kundgeben und vor der Zeit dessen Ruhe stören? Hing doch auch hier noch so Manches ab vom Gang der Dinge auf Landstuhl!

„Ich gehe zum Bau," sagte er; „laß Dich bald dort sehen mit den Kindern; Ihr werdet Euch wundern, wie das Wasser durch den neuen Canal schießt."

IX.

„Sickingen ist todt, Landstuhl gefallen!" erscholl es von Burg zu Burg, von Stadt zu Stadt, aus dem Rheingebiet hinaus der Donau entlang, über die Alpen und über die Pyrenäen. Kein Ereigniß im deutschen Vaterlande war bis jetzt mit so allgemeiner, alle Glieder der Gesellschaft vom Fürstenpalast bis zur Bauernhütte ergreifenden Erregung vernommen worden, keines hatte solche Hoffnungen und solche Befürchtungen vernichtet, wie der jähe Sturz des Ritters aller Ritter. Anfangs nur als leises Gerücht von seinen Freunden nicht geglaubt, von seinen Feinden mit Jubel weitergetragen, nahm es rasch an Stärke zu, bis kein Zweifel darüber mehr obwalten konnte. „Der Afterkaiser ist todt und der Afterpapst" — damit meinten sie den damals grade erkrankten Luther — „liegt in den letzten Zügen!" riefen triumphirend die Einen; „mit Franz ist der Hort von Deutschlands Freiheit und Einheit zusammengebrochen!" wehklagten die Andern.

In der Mühle des Gulbenbacher Thales erschien Bruno — es war um die Mitte des Mai — blaß, angegriffen und tief erregt.

„Ich komme," sagte er mit Resignation, „um Abschied zu nehmen —"

„Nein, das wird Euer Ernst nicht sein!" fiel ihm Berthold in's Wort; „setzt Euch, theilt mir mit, in welcher Weise der Tod ihn hingenommen. Die Gerüchte widersprechen sich; gewiß wißt Ihr Sicheres!"

„O ja," antwortete Bruno, „es ist mir treu berichtet; es kam — durch einen Zufall! — Er wollte einen Schaden an der Mauer besichtigen, da fiel ein Schuß und traf einen Balken, vom Balken fuhr ein furchtbarer Splitter herab ihm in die Eingeweide; auf einer Tragbahre wurde er weggebracht;

drei Tage nachher, in der Mittagsstunde des siebenten Mai, verschieb er. Ihr seht, ein Zufall war's: der Splitter konnte auch eine Hand breit mehr seitwärts fahren, aber das geschah nicht; er fuhr in's Leben des edelsten Mannes! Was sage ich? des Mannes? Er fuhr in's Leben Deutschlands, das zerrissen jetzt vor uns liegt; in's Leben des Bundes für Wahrheit und Freiheit, dessen Glieder jetzt auseinanderstieben! Andere mögen es nehmen als ein Gottesurtheil, was thut es zur Sache? uns bleiben die Folgen! — Ich bin gekommen, um Euch Lebewohl zu sagen; Ihr kennt ja das Ziel meiner Reise."

Berthold reichte dem Freunde die Hand, im Innersten bewegt. „Seltsamer Mann," sagte er, „während Ihr hier seit dieser Wendung der Dinge Eure Sicherheit für gefährdet und Eure Wirksamkeit für zerstört haltet, wollt Ihr Euch dorthin begeben, von wo die Gefahr ausgeht, wie das geängstete Wild, das dem Feinde in's Garn läuft."

„Ihr verkennt meine Gesinnung und Absicht,"

antwortete Bruno. „Nicht entfliehen will ich der Gefahr, aufsuchen will ich sie an ihrer Quelle, wirken will ich, um zur Heilung des Uebels beizutragen da, wo es entspringt. Von Italien, von Rom, kommt das Gute und das Böse, kamen und kommen die Geschicke unseres Welttheils; dort schlägt die Pulsader des Ganzen zu Wohl oder Weh; von dort muß die Umgestaltung der Dinge ausgehen, soll sie gelingen! Was kann es helfen, an den Gliedern zu pfuschen? Eitel sind die Versuche, verloren ist die Mühe! „„Was da vorgeht am Rhein, was da vorgeht an der Elbe, bleibt für's Ganze ohne Erfolg,"" so lautete ja Eure Prophezeiung; jetzt trete ich ihr bei so weit, aber nicht weiter. Mein Herz ist betrübt, aber mein Muth nicht gebrochen. Jenseits der Alpen, da liegt das Feld für meine Arbeit!"

„Da liegt das Feld — wo Ihr Feierabend macht!" erwiederte Berthold mit etwas schwankender Stimme, die aber auf nichts weniger als auf ein Schwanken seiner Ueberzeugung hindeutete.

„Laßt Euch einreden!" fuhr er dann mit Festigkeit fort; „ich will Euch nicht das alte Lied wieder vorsingen von der Ameise, die sich auf die Pflugschar setzte, um deren Gang zu hemmen; auch nicht hinweisen auf die Thorheit, an jenem Felsen, dran die Stürme von Jahrhunderten sich brachen, vielleicht von Jahrtausenden sich brechen, Euren Kopf zerstoßen zu wollen; ich achte Euren Muth und die Quelle, der er entspringt; aber um so mehr beklage ich, daß Eurem Scharfblick die Stelle entgeht, wo Ihr ihn üben sollt. Weder hier ist Alles verloren, noch dort Alles zu gewinnen; laßt die Extreme zur Seite und haltet die Mitte! Bescheidet Euch, nach besten Kräften zu wirken im engen Kreise, da gibt's vollauf zu thun, da ist das Ziel gegeben und der Segen greifbar; aus diesem Felde reinigt für Euch und Euren Nachbarn die Pfade von den Steinen, die Ihr zu heben vermögt; Ihr thut genug für's Ganze und dürft es dem Regen und Winde des Himmels überlassen, die ragenden Felsen zu zerbröckeln!"

Bruno ließ, still vor sich hinsehend, den Freund ausreden, dann sagte er in ruhigem, aber entschiedenem Tone: „In magnis voluisse sat est! Ich bin mit mir im Reinen. — Nun laßt uns, um den Augenblick noch zu nützen, zu Anderm übergehen, wobei es sich um Euch, nicht um mich handelt. Eure Stützen in diesem Lande sind zusammengebrochen; Sickingen ist todt, Hutten verschwunden und Brun⸗ — mißdeutet es nicht, daß ich mich nenne, — ergreift den Wanderstab. Furchtbar brausen die rückschlagenden Wellen des Krieges daher und werden in Kurzem auch dieses Thal übersluthen; die alte Finsterniß tritt wieder ihre Herrschaft an, die Barbarei des Wahns und Aberglaubens wird ihre Henkertriumphe in verdoppeltem Maße feiern. Für Euch selbst vielleicht nicht, aber für Eure Mutter habt Ihr zu zittern. Sie schwebt in der höchsten Gefahr; Ihr kennt nicht die Kreise, die um sie gezogen werden. Bisher that ich das Meine zu ihrem Schutz, vielleicht mehr, als Ihr wißt; von jetzt an aber habt Ihr allein zu sorgen.

Daher hört, wie es steht: Eine doppelte Anklage wird gegen sie erhoben; zwei Verbrechen, deren Beweise bereits gesammelt und von Zeugen beschworen sind, das der Hexerei und das der Ketzerei, werden sie in Haft bringen; beiden ist gemeinschaftlich, daß sie Gott und den Heiligen abgesagt, dem Teufel aber zugesagt hat, beide wird sie auf der Folter eingestehen, und wer hat jetzt noch die Macht, sie vor dem Feuertode zu schützen? Daher folgt meinem Rath: Packt ohne Verzug Eure Habe zusammen und wandert mit ihr aus, weit hinweg, wo Niemand von Euch weiß!"

Berthold schüttelte den Kopf und sagte mit heiterer Miene: „Ich danke Euch, wohlmeinender Freund, für Euren Rath, bin aber fern davon, ihn zu befolgen. So weit habe ich's gebracht in der Welt, daß ich dieser Art Nichts zu fürchten brauche; für das Gift besitze ich das Gegengift! Umstellt, verfolgt, gehetzt mehr als ein Thier des Waldes, ward ich erfinderisch und habe gelernt, die Schützen zu äffen und ihrer Attaken zu spotten. Meine

Taktik war, den Wahn gegen den Wahn zu Hilfe zu nehmen, den Teufel durch den Teufel zu bekämpfen. Doch versteht mich recht: Der Glaube an Wunder fordert Wunder und nimmt natürliche Wirkungen als Wunder hin; was vor dem Auge der Vernunft ein Fortschritt ist in der Erkenntniß und Benutzung der Naturkräfte, ist vor dem Aberglauben ein Bündniß mit überirdischen Gewalten. Solcher Fortschritt als solches Bündniß gab mir die Mittel, mir zu helfen; ich habe viele Jahre mich darin geübt; thut Schutz Noth, so weiß ich ihn zu finden. Laßt den Glauben an Hexenthum und Zauberei mit Ketten mich umschlingen, derselbe Glaube ist's, mit dessen Hilfe ich wie Spinngewebe sie zerreiße! Zittern, meint Ihr, müßte ich für meine Mutter? Keine Macht mehr gäbe es, sie zu schützen? Glaubt mir, so viele Teufel, als die Phantasie zur Bevölkerung der Hölle geschaffen hat, kämen, würde sie bedroht, herbei zu ihrer Rettung: Eher flögen die Gipfel dieser Berge in's Thal herab, ehe ihr ein Haar gekrümmt würde! — Doch solch ein

Kraftaufwand, dessen bin ich gewiß, wird nicht nöthig sein; der Zuflucht zu den Dämonen wird es gar nicht einmal bedürfen. Wie gewaltig auch die siegreiche Partei sich geberden, wie heftig auch die Rückwirkung gegen die voreiligen Aufklärungs- versuche sich fühlbar machen wird, der Fürst, unter dessen Schirm wir stehen, Johann von Simmern, hat den Willen und wird auch die Macht haben, in diesem Lande gegen einen Act, wie Ihr ihn be- fürchtet, Schutz zu gewähren!"

„Wie weit im Fall der Noth die Höllenmächte Euch zu Diensten stehen," sagte Bruno, „kann ich nicht beurtheilen, aber was den Herzog betrifft, so dürftet Ihr Euch täuschen; er ist nicht abgeneigt, um des Friedens und der Ruhe willen auch einem Götzen zu opfern; besonders wenn es gilt, der Ketzerei den Weg in sein Land zu versperren, wenn er besorgen muß, daß der Same zu einem Glau- benskampf in seinem Volke ausgestreut werde, wird er zur Erhaltung des Ganzen den Einzelnen fallen lassen."

„Laßt uns nicht länger streiten, es führt zu nichts!" erwiederte Berthold. „Ihr wollt gehen, ich will bleiben — ein Jeder folge seinem Stern! — Doch eins noch, ehe wir scheiden! Ihr wart mein einziger Vertrauter hier im Lande, viel verdankt dieses Haus Eurem Beistande; noch in der Abschiedsstunde sucht Ihr zu rathen und zu helfen. Wohlan, ich bitte um Eure Hilfe, aber in einer andern Gefahr als die, welche Ihr befürchtet, in einem Leib, wo meine Zauberkunst nur als das erscheint, was sie auch ist, als eitel Spiel- und Blendwerk. Nicht um den Schutz der alten Mutter handelt es sich, die ihre Tage, hoffe ich, ungetrübt vollenden wird, es handelt sich um den Frieden eines jungen Herzens. Nicht Geister aus der andern Welt gilt's zu beschwören, nein, einen Schmerz zu sänftigen, der diesseits quält nach unumstößlichem Naturgesetz. Es ist Euch bekannt, welchen Weg Dieter Faust seit Sickingen's Sturz eingeschlagen hat. Wir wollen nicht zu strenge richten; wir sehen ja, wie schonungslos die Sieger mit

Sickingen's Anhängern verfahren; Dieter hat kein
Mittel verschmäht, beim Kurfürsten Verzeihung zu
erlangen und so sich und seine Güter zu retten. Es
kommt dies uns Allen und der ganzen Gegend zu
gut, die so verschont bleiben wird vor den wilden
Soldatenhorden. Ihr wißt auch, daß Ritter Schenk
von Schmidtburg beim Kurfürsten sein Fürsprecher
war und daß er dessen Fürsprache nur durch ein
Verhältniß mit seiner Tochter, der schönen Hedwig,
erlangte; aber nicht wißt Ihr, daß er der Verlobte
unseres lieben Kindes auf der Mühle, unserer armen
Agnes, war. Er hat ihr aufsagen lassen und sieht
fröhlichen Hochzeitstagen entgegen, Agnes aber mit
gebrochenem Herzen wankt dahin, als ginge es zum
Grabe. Trost will sie keinen, aber entfliehen will
sie der Welt und den Menschen. Die Mauern des
Klosters Marienberg bei Bopparb, wo eine Verwandte unseres Hauses, Francisca Faust von Stromberg, Priorin ist, sollen sie bergen. Fremd war
sonst jede Richtung dieser Art ihrem Wesen; im
Uebermaß des Schmerzes sieht sie dort ihre einzige

Zuflucht. Sie ist krank, o sehr krank, sie hat aber eine kräftige Natur. Der Hilfe bedarf sie, um wieder zu genesen, dort aber, wo jetzt das kranke Herz sie hindrängt, wird sie, so viel ich sie kenne, diese Hilfe nimmer finden; Singen und Beten und Brüten über seinem Unglück ist nicht, was dem Menschen wahrhaft frommt, nach meiner Beurtheilung; Hingabe an die Sorgen und Mühen des Lebens, an die Pflichten, die die Natur auferlegt, an die Opfer und Anstrengung fordernde Thätigkeit im Kreise der Lieben, das ist die Cur für ein krankes Gemüth wie das ihrige!"

„Aber was habe ich," fiel jetzt Bruno ihm lächelnd in's Wort, „was habe ich, wenn ich auch Eure Ansicht theilte, für eine Macht, hier einzuwirken? Meint Ihr, durch Einrede und Vorstellungen? Durch Ausmalung abschreckender Zustände des Klosterlebens?"

„O nein!" fiel ihm Berthold in die Rede; sie zurückhalten hieße ihre Sehnsucht steigern, ihre Krankheit verlängern. Ihr sagtet mir, daß Ihr

vor Eurer Reise über die Alpen noch den Rhein
hinab nach Köln müßtet, da kommt Ihr an Bop-
pard vorüber, nun ist meine Bitte, sie mitzunehmen
und dort in's Kloster zu geleiten."

„Wie? schon auf morgen ja ist meine Abreise
festgesetzt!" erwiederte Bruno.

„Desto besser; morgen in aller Frühe bin ich
mit ihr in Stromberg, sie Eurem Schutze zu übergeben."

„Also Ihr beschleuniget, was Ihr verhindern
wollt?"

„Hört mir zu! — Mit einer Kranken haben
wir's zu thun. — Sie ist gebunden' an dieses
Haus mit den stärksten Banden der Natur; sie weiß,
was sie in dem Hauswesen ihrem Vater ist; sie
hängt an Frau Adelheid, von der sie auferzogen
wurde, mit der innigsten Kindesliebe, sie hängt vor
Allem an Marianne's Kindern, als deren Pflege-
mutter sie sich bis jetzt betrachtete, mit wahrhaft
mütterlicher Zärtlichkeit. Alle diese Gefühle schlum-
mern jetzt, von ihrem Schmerz übertäubt; sie so

bald wie möglich wieder wach zu rufen, das ist die
Aufgabe! Die plötzliche Trennung, die Nothwendig-
keit des raschen Entschlusses erzeugt sicherlich die
Erschütterung, die hierzu nöthig ist. Ihr werdet
der Priorin, die von meinem hiesigen Aufenthalte
nichts weiß, im Uebrigen aber mir als eine ver-
ständige Frau bekannt ist, alles Nöthige mittheilen
und sie ihr mit der Bitte übergeben, sie scharf zu
beobachten und, sobald bei ihr eine Sinnesänderung
hervortritt, ihre Rückkehr zu veranlassen. Agnes
wird erkennen, daß dort der Friede für sie nicht ist,
den sie sich vorgestellt, und um so gewisser das Ge-
lübde nicht ablegen, je früher man es von ihr verlangt."

Bruno reichte dem Freunde die Hand mit den
Worten: „Es soll geschehen, wie Ihr wünscht."

Die Unterredung zwischen Bruno und Berthold
fand in der Mühle auf des Letztern Zimmer statt.
Sie traten jetzt hinunter in die Wohnstube, wo
Frau Adelheid, Agnes und Marianne's Kinder sich
befanden. Agnes saß da ohne Beschäftigung, stumm,

bleich und verweint; man erkannte sie fast nicht
wieder. Frau Adelheid unterhielt sich mit den
Kindern.

„Agnes," sagte Berthold, „Dein Wunsch wird
früher erfüllt, als wir dachten. Morgen reist Pater
Bruno von Stromberg ab und will Dich nach
Marienberg mitnehmen. Du hast nun eiligst Dich
reisefertig zu machen, denn morgen in aller Frühe
breche ich mit Dir auf nach Stromberg, wo Bruno
Dich erwartet."

Bei diesen Worten Berthold's überflog eine
dunkle Röthe das blasse Antlitz des Mädchens.
Auch Frau Adelheid erschrak und sah ihren Sohn
betroffen an.

„Du darfst Dich mir anvertrauen, Agnes," fügte
Bruno hinzu; „wir fahren zu Wasser und sind an
einem Tage an Ort und Stelle. — Doch ich will
Dich jetzt nicht aufhalten, denn Du hast wohl noch
Manches zu besorgen. — Lebt wohl, Frau Adel-
heid!" wandte er sich dann gegen diese; „ich verlasse
Euch auf lange Zeit, vielleicht auf immer!"

Frau Adelheid erhob sich und seine Hand mit ihren beiden Händen fassend, sagte sie tief bewegt: „Ach, warum scheidet Ihr von uns? Ihr wart der Schutzengel dieses Thals; Gott lohne es, Gott vergelte es Euch durch ein langes glückliches Leben! — Und Du, auch Du willst fort!" wandte sie sich gegen Agnes, umschlang sie krampfhaft und Thränen erstickten ihre Stimme.

Bruno ging. Berthold begleitete ihn eine Strecke wie gewöhnlich.

Noch einmal und zum letzten Male sehen wir beide Männer den Bach entlang durch's Thal hinwandeln. Die Sonne neigte sich am wolkenlosen Himmel; weithin warfen die Erlen ihre Schatten über die Wiese; die Wellen rauschten tief unter dem Gebüsch und helle Nachtigallentöne hallten wider an der Bergwand; Lüfte und Düfte, Farben und Klänge, Alles in süßer, wunderbarer Harmonie! Aber nicht empfänglich scheint jetzt der Sinn unserer Wanderer für solche Eindrücke. Sie sprechen von Sickingen's Fall und dessen Folgen, vom Kaiser und dem Reich, von Rom und der Kirche.

„Was Ihr auch einwendet," sagte Bruno, „ein völliger Umschwung der Dinge steht bevor; wie viele Versuche auch mißglücken, stets erneuert, müssen sie zum Ziele führen. Ruhig zuschauen, sich in einem Winkel verbergen, ist weder klug noch recht. Tritt Jeder vor und wirft seine Maske ab, staunen wird man über die Zahl der Gleichgesinnten und Einverstandenen; staunen wird man darüber, daß die Vernunft von der Unvernunft, die Wahrheit von der Lüge, daß die Menschenliebe, jener kräftigste Urkeim des Christenthums, vom Unkraut der Finsterniß und Barbarei so lange überwuchert werden konnte, während zur Pflege desselben eine solche Fülle von Kräften vorhanden ist. Muth, nur Muth zum Aufschwung, und die Höhe wird gewonnen!

„Gewiß, gewiß!" versetzte Berthold:

„Die Kraft kommt von oben;
Hebe Dich selbst, so wirst Du gehoben!

So weit sind wir einig. Anders aber, als ich, deutet Ihr die Zeichen der Zeit. Ein Anstoß ist gegeben; wer sollte das verkennen. Frische Kräfte regen sich und Schläfer erwachen; ein Lichtlein kann sich entzünden an dem andern und allmälig Helle sich verbreiten, aber nur da, wo kein Sturmwind dazwischenfährt. Ihr verkennt die zähe Natur der Völkermassen, verkennt die unwandelbaren Bedingungen ihrer Entwicklung und berechnet die Schritte nach Tagen statt nach Jahrhunderten; Ihr überschätzt die Zahl Eurer Genossen und das Maß ihrer Kräfte; die nächsten Früchte ihrer Aussaat sind nichts Anderes als Zwiespalt, Kampf und Zersplitterung, und die Arbeit beginnt von Neuem. Euch selbst aber vergleiche ich jenem Reiter, der, um sein Roß zu besteigen, sich so gewaltsam emporschwang, daß er drüber wegstürzte und mit verrenkten Gliedern am Boden lag. Wohl wird die wahre und lebendige Menschennatur ewig sich geltend machen gegen den Dogmatismus im Glauben und Wissen; gleich sind im Urkeim alle Culten; wie sie sich entwickeln, das hängt ab vom Grad der Bildung ihrer Bekenner, und wenn im Heidenthum der Griechen und Römer dem Aberglauben nicht so viele Opfer fielen, als jetzt in der christlichen Zeit, so sind jetzt Trägheit, Rohheit und Verwilderung die Ursachen. Bildung, ja nur Bildung ebnet die Wege, sie aber verträgt nicht Stöße noch Sprünge, langsam unter dem Einfluß des Beispiels und der Lehre wächst sie und verbreitet sich nach unwandelbaren Gesetzen!"

Sie waren an der Stelle angekommen, wo sie sich zu trennen pflegten.

„Genug für jetzt!" sagte Bruno. „Um das noch bitte ich Euch: Nehmt es mit meiner Warnung vor dem bösen Geist dieses Thales, der Eure Mutter bedroht, nicht so leicht!"

„Und Ihr, das bitte ich Euch," antwortete Berthold, „thut ein Gleiches mit meiner Warnung vor den sieben Hügeln!"

„Also morgen früh in Stromberg!"

„Es kommt mir vor, als sähen wir uns nicht

wieder!" antwortete Berthold, umarmte den Freund und ging zurück nach der Mühle.

Hier fand er Alles in großer Aufregung. Frau Adelheid konnte ihm ihr Erstaunen und ihre Betrübniß darüber nicht verhehlen, daß auf seine Veranstaltung Agnes in dieser Weise zur Abreise gedrängt wurde. Selbst Stumpf, der sich sonst willenlos in alle Anordnungen Berthold's zu fügen pflegte, schüttelte den Kopf, als Berthold mit ihm überlegte, wie von jetzt an Agnes in der Hauswirthschaft vertreten werden sollte. Sie selbst war, nachdem sie Marianne's Kinder zur Ruhe gebracht, auf ihrem Stübchen geblieben, beschäftigt, wie es schien, mit Ordnen und Einpacken, um sich reisefertig zu machen.

Früh am andern Tage, als die wonnige Maiensonne ihre ersten Strahlen in's Thal sandte und Berthold aus dem geöffneten Fenster den Kampf zwischen Licht und Nebel schon eine Weile beobachtet hatte, pochte es an seiner Thür. Als er öffnete, stürzte ihm Agnes fast zu Füßen mit dem flehenden

Ruf: „Laßt mich hier, o laßt mich hier, ich kann nicht los, ich kann die Kinder nicht verlassen!"

Ihr von mächtiger Aufregung glühendes Antlitz war in Thränen gebadet; sie war noch in ihren Kleidern von gestern; man sah ihr an, daß sie die Nacht schlaflos zugebracht hatte.

„Du willst bleiben?" sagte Berthold, indem er sie aufrichtete und mit einem getheilten Gefühl von Rührung und innigster Freude betrachtete; „überlegst Du auch, was Du sagst? Deinem sehnlichsten Wunsche sind wir ja entgegengekommen!"

„Nein, ich will, ich kann nicht fort! — Bestellt es ab, schickt einen Boten nach Stromberg!" rief sie wiederholt in eindringlichstem, flehendstem Tone, dann wandte sie sich um und eilte zurück in ihre Stube.

Nicht lange nachher befanden sich Berthold und Frau Adelheid unten im Wohnzimmer, während Stumpf ab und zu ging, bald in der Mühle, bald auf dem Hofe beschäftigt.

„O wie schneidet mir's in's Herz!" sagte, ihre

Thränen unterdrückend, Frau Adelheid; „gehört habe ich sie die ganze Nacht — denn auch mich floh der Schlaf — wie ein unruhiger Geist wandelte sie umher, packte ein und aus, ging Trepp' auf, Trepp' ab, sah, wie um Abschied zu nehmen, nach allen Dingen; bald hörte ich sie sprechen mit sich selbst, bald mit den Kindern, bald weinen, bald beten. O Dieter Faust, unwürdig Deines Namens, unwürdig Deiner Abkunft, was hast Du an ihr verschuldet!"

„Beruhigt Euch, Mutter!" antwortete Berthold; „nehmt Euch ihr Schicksal nicht also zu Herzen! Dieter's Hausfrau gedachte sie zu werden; goldene Tage malte sie sich aus, sie, das treue Gemüth, an der Seite des herzlosen Ritters; geweckt wurde sie plötzlich aus dem Traume, der Schlag war betäubend; irre an sich selbst, dachte sie Frieden zu finden im Kloster. Glaubt mir, auch das war eine Täuschung! Im Kampfe dieser Nacht fiel ihr die Binde von den Augen; sie ist genesen, wir haben unsere Agnes wieder!"

Da trat sie herein, eine gewisse Ruhe, ja Heiterkeit im Blick, an jeder Hand eines von Marianne's Kindern, die, so recht sorglich gekleidet, ihren Morgengruß brachten.

„Sogleich wird das Frühstück fertig sein!" sagte sie und eilte wieder hinaus, mit einer Miene und einem Eifer, als habe sie den Entschluß gefaßt, sich wie sonst wieder der Wirthschaft und häuslichen Arbeit ganz hinzugeben.

„Sie verschließt ihr Leid in ihr Herz," sagte Berthold; „da wird's noch lange bleiben! Aber kann es je weichen, so weicht's vor dem Glück der Thätigkeit, vor dem Trost im Gefühl, Andern nützlich zu sein! Konnte ihr die Klosterzelle das gewähren?"

Still und nachdenkend sah Frau Adelheid vor sich hin und sagte dann: „Sie gab mir vorhin das Kreuz, das er ihr geschickt, nachdem sie es von der Granatschnur getrennt hatte, mit den Worten: „„Schickt ihm das Kreuz zurück, das goldene; ich bedürfe seiner nicht; ich würde ein anderes Kreuz

tragen ihm zum Gedächtniß; die Schnur aber laßt
mir, die von Euch kommt und mich an Euch knüpft,
die laßt mir für das neue Kreuz, sie wird mir's
tragen helfen.""

Berthold hatte bereits einen seiner Arbeiter
nach Stromberg geschickt, um Bruno von der Ab-
änderung des Beschlusses in Kenntniß zu setzen.
Auf der Mühle war Ordnung und Friede wieder
hergestellt und Jeder vollbrachte sein Tagewerk in
alter Weise.

In Simmern aber am Hofe des Herzogs hatten
in wenig Tagen, nachdem Bruno das Guldcn-
bacher Thal verlassen, die Dinge eine Gestalt an-
genommen, die geeignet war, die Warnung Bruno's
vollkommen zu rechtfertigen und die ernstlichsten Besorgnisse für unsere Freunde zu erregen. Die Lage
des Herzogs, dem es bisher durch seltene Klugheit,
Mäßigung und, wenn es galt, Festigkeit, gelungen
war, allen Kriegswirren fern zu bleiben, war jetzt
nach Sickingen's Sturz eine sehr schwierige geworden. Der Uebermuth und das schonungslose

Verfahren der Sieger gegen Alle, die mit Sickingen gehalten hatten, gebot ihm, wollte er sein Gebiet vor feindlichen Einfällen bewahren und sein bisheriges Ansehen unter den Fürsten behaupten, nach allen Richtungen hin die größte Vorsicht. Insbesondere forderte seine und der Seinigen Sicherheit, jeden Schein voreiliger Neuerungssucht von sich fern zu halten und allen Störungen der bisherigen gesellschaftlichen Ordnung, allen politischen wie religiösen Aufwiegelungen den Zugang zu seinen Unterthanen zu versperren. Welches Letztere er mit um so größerer Strenge that, als es auch seinen eigenen Principien widersprach, das Volk in einen Formeln- und Theorienkampf zu hetzen, wobei des Habers kein Ende war, weil Alle gleich Recht und Unrecht hatten, statt ihm durch Verbesserung seiner Zustände, durch Unterweisung und Erziehung allmälig den Weg zur höhern Entwicklung anzubahnen.

Da nun erschien vor ihm der Schultheiß von Erbach, zu dessen Gerichtsbarkeit ein Theil des

Gulbenbacher Thales gehörte. Nachdem er in Gegenwart des Amtmanns Kaspar Kratz dem Herzog den Verlauf der gerichtlichen Verhandlung gegen die der Zauberei und Ketzerei angeklagte Frau Adelheid Faust geborene Stumpf von der Gulbenbacher Mühle weitläufig mitgetheilt und ihm die Protocolle über die verschiebenen Zeugenverhöre vorgelesen, fuhr er also fort: „Ich habe mich unterstanden, vor Eurer fürstlichen Durchlaucht in Person zu erscheinen, damit mein gnädiger Herr den Stand der Dinge auf gradem Wege erfahre, eine längere Nachsicht nicht geübt und die Ermächtigung zur Inhaftirung der Angeklagten gnädigst ertheilt werde, in Maßen das Aufsehen der Sache unter dem Volke so groß ist, daß die ganze Gegend beunruhigt wird und schon verschiebene Zusammenläufe der Leute stattgefunden haben. Man müsse, sagen sie, das ganze Nest — damit meinen sie die Mühle — verbrennen mit Allem, was darinnen ist; es wäre das ein wahres Teufelswachthaus und Vorwerk der Hölle; auch der Förster und Bergprobirer Berthold wäre — mit Eurer Gnaden Verlaub zu reden — ein Handlanger des Gottseibeiuns; auch die Nichte der incriminirten Frau Adelheid, genannt Agnes Stumpf, wäre von Frau Adelheid schon angelernt, Beide hätte man in Gemeinsamkeit rothe Schlehen essen und die Wellen des Guldenbachs mit Ruthen peitschen sehen, worauf das unchristliche Donner- und Hagelwetter erfolgt, das damals über die ganze Gegend den großen Schaden gebracht, auch habe sie seltsame Blumen mit dem Berthold gepflückt, und wenn nicht bald Abhilfe geschähe, so wäre kein Vieh mehr sicher im Stall und kein Kind in der Wiege; auch griffe das Laster um sich wie eine Seuche, und es gäbe derer in der Umgegend schon genug, die dort, um das Zauberwesen und den Abfall vom alten Glauben zu erlernen, in die Schule gingen."

Der Herzog hörte den Mann ruhig an, bis er geendet hatte, aber seine Stirn zog sich immer finsterer zusammen."

„Was hat die Angeklagte gethan, um sie der

Ketzerei und der Anhänglichkeit an die neuen Irr-
lehren zu beschuldigen?" fragte er jetzt mit starkem
Nachdruck.

„Wie vermeldet," antwortete der Schultheiß,
„ist sie die Mutter des verruchten, verfluchten Teu-
felsbanners und Schwarzkünstlers Johann Georg
Faust, genannt Sabellicus, der, wie aller Welt bekannt ist, am St. Gebhardstage des vorigen Jahres zu Maulbronn von seinem Meister abgeholt
wurde, in seiner letzten Stunde aber laut den Berichten noch einen Funken von Reue hat blicken
lassen. Wiewohl nun eine Mutter sich allerwege
beeifert, ein gefallenes Kind aufzuheben, so wider-
setzt sie sich hartnäckig aller Buße, allen Opfern,
allen Gebeten und Seelenmessen für die Errettung
der Seele des zu ewiger Pein verdammten Sohnes.
Also haben hochansehnliche Männer und andere Zeugen, wie in dem weitern Protocoll zu lesen, wider sie
deponirt. Auch noch zu vermelden nebenbei, daß die
verwiesenen Irrlehrer aus dem Hessischen eine Nacht
Herberge bei ihr in der Mühle gefunden."

Heftig wandte sich der Herzog nach dem Amtmann Kaspar Kraß mit den Worten: „Stimmt die betreffende Angabe mit Dr. Klinge's Schrift über Faust's Höllenfahrt?"

„Sie stimmt, gnädigster Herr."

„So fertigt die Ermächtigung aus, die Angeklagte zur Haft zu bringen und nach der Vorschrift der Gerichtsordnung mit ihr zu verfahren."

„Ist bereits ausgefertigt und bedarf nur noch der Unterschrift Eurer fürstlichen Gnaden," antwortete der Amtmann und überreichte dem Herzog eine Rolle. Dieser begab sich damit in sein Cabinet.

„Das wird ein Volksgetümmel geben auf der Warmsroder Heide!" bemerkte der Schultheiß; der Scharfrichter klagt schon lange, daß er durch unseres Herrn milde Regierung verarmt sei. Das wird einmal die Leute auf die Beine bringen und in Respect setzen, wenn die Flamme knattert! So was hat man unter der jetzigen Herrschaft noch nicht erlebt."

„Ist nicht anders, Schultheiß; Alles hat seine

Grenzen; einem Jeden muß nach Verdienst ge=
schehen!" erwiederte mit den Achseln zuckend der
Amtmann.

Der Herzog kam wieder ohne die Schrift.

„Ich habe für gut erachtet, Kaspar, persönlich
die Sache zu untersuchen. Morgen früh begleitet
Ihr mich nach der Mühle. Euch," richtete er sich
an den Schultheiß, „liegt einstweilen ob, die Vor=
bereitungen zu treffen und das Gericht zu bestellen."

Am andern Tage gegen Mittag hielten der
Herzog und der Amtmann mit einem kleinen Ge=
folge vor der Mühle des Guldenbacher Thales.

Es war nichts Ungewöhnliches, den Fürsten
auf dem abgelegensten Dorfe oder Meierhofe in
Mitten seiner Unterthanen zu sehen, wo er oft
Verwirrungen schlichtete und Streitigkeiten beilegte
weniger mit Hilfe seiner Autorität als der Schärfe
seines Urtheils.

Berthold war, als er ihn kommen sah, keinen
Augenblick über den Grund seines Erscheinens im
Zweifel. Seinen Hausgenossen gegenüber aber

deutete er den Besuch so, als gelte er nur ihm und seinen Bauunternehmungen. Es handelte sich bei ihm vor Allem darum, seine Mutter nicht zu beunruhigen, die von allem gegen sie erhobenen Lärm nichts ahnte. Es war ihm eine heilige Pflicht, von ihr, die um seinetwillen in dieser Hinsicht schon so viel geduldet hatte, mit der größten Wachsamkeit alle ähnlichen Gemüthsbewegungen fern zu halten, was ihm bis jetzt auch vollkommen gelungen war.

Die Reiter saßen ab vor dem Hofe. In Begleitung des Amtmanns und eines Schreibers trat der Herzog ein. Berthold ging ihm entgegen, ihn zu empfangen. Der Herzog, ohne Umschweif zur Sache schreitend, nahm ihn bei Seite und hob aus der Anklage die verschiedenen Punkte über den auf der Mühle und ihren Bewohnern lastenden Verdacht des Hexen- und Zauberwesens der Reihe nach hervor und forderte darüber Aufklärung.

„Ich habe mich selbst dieser Sache unterzogen, besonders auch darum," sagte er, „weil ich dabei auf Eure Bereitwilligkeit und Einsicht rechnete, denn Ihr seid mir von Männern empfohlen worden, deren Name allein schon verbürgt, daß Ihr frei von Vorurtheilen seid. Auch habt Ihr erfahren, daß ich Eure hiesige Thätigkeit mit Vertrauen und allen sonstigen Mitteln unterstütze. Aber mystische Dinge, die das Volk aufregen, sind mir zuwider; es soll auch in den Augen der Leute kein Makel an diesem Orte haften."

Für Berthold war es ein Leichtes, über alle den Teufelsspuk betreffenden Punkte genügenden Aufschluß zu geben. Zunächst führte er ihn zu dem Neubau, gab hier Erklärung über jede Einzelheit der neuen Construction des Pochwerkes und des Schmelzofens, über die Natur und Zweckmäßigkeit des bisher nicht angewandten, so großen Anstoß gebenden Baumaterials, über die neue Methode der Holzkohlenbereitung und viele andere Dinge, die den Grund zu dem so unerhört raschen Fortschritt des Baues enthielten. Was nun das verhexte Mehl betraf, so ließ er sofort durch anwesende Hand-

werker die betreffenden Theile des Mühlenwerks
auseinandernehmen, um dem Herzog in Gegenwart
seiner Begleiter den natürlichen Zusammenhang von
Ursache und Wirkung in der verbesserten Methode
zu mahlen vor Augen zu legen.

Der aufmerksame, mit den Fortschritten der
Kunst und Wissenschaft seines Zeitalters in seltenem Maße vertraute Fürst war nicht bloß befriedigt,
sondern über den Scharfsinn und die aus tiefster
Sachkenntniß entspringenden Erörterungen Berthold's in höchstem Grade erstaunt. Gleichwohl in-
quirirte er weiter und nahm Berthold vertraulich
abermals bei Seite.

„Ihr wißt, Meister Berthold," sagte er, „daß
die Eigenthümerin dieser Mühle die Mutter des berüchtigten Bösewichts, des im vorigen Jahre nach
den glaubwürdigsten Berichten zur Hölle gefahrenen
Schwarzkünstlers und Teufelsbeschwörers Dr.
Faust —"

Berthold nickte schweigend.

„Und wißt auch ohne Zweifel, daß sie hierdurch auf sich und ihre Sippschaft einen Fluch geladen hat, unter welchem die ganze Gegend leidet, daß sie den Gottlosen ein Vorbild und den Frommen ein Gräuel geworden ist?"

„Ist eine Mutter verantwortlich für die Sünden ihres Sohnes?" sagte Berthold.

„Aber eine Mutter ist mehr als ein Scheusal," fuhr heftig der Herzog auf, „ist werth den peinlichsten Feuertod zu sterben, wenn sie mit teuflischem Widerstand die Gnadenmittel verschmäht, die ihr geboten sind, um dem hingegangenen Sohn, wie schuldbeladen er auch sei, die Höllenqual zu lindern! Hier sind der menschlichen Nachsicht die Grenzen gezogen!"

„Eure fürstliche Durchlaucht," erwiederte Berthold, „haben bis zu dieser Stunde den strafenden Arm der weltlichen Gewalt von Ihren Unterthanen fern gehalten, wo es sich um Sachen des Glaubens und Gewissens handelte. Auch hier wird mein gnädigster Herr, erhaben über die Verblendungen und Leidenschaften eines verfinsterten Jahrhunderts, einem hilflosen Weibe seinen Schutz gegen rohen Wahnwitz nicht versagen. Unbegreiflich, ungeheuerlich scheint Euch das Benehmen der Angeklagten, wenn Ihr aber, wie Ihr soeben in das Innerste der Mühle schautet, wo auch Unbegreifliches vorzugehen schien, in das Innerste ihres Herzens schauen könntet, wahrlich hier würdet Ihr einen so natürlichen, begreiflichen Zusammenhang zwischen Ursache und Wirkung finden, wie Ihr ihn dort gefunden! Aber des Menschen Herz läßt sich nicht zerlegen, wie ein Mühlenwerk; der Inquisitor kann es brechen, aber nicht ergründen. Tausende haben unschuldig den martervollen Tod erlitten; ihr Blut schreit zum Himmel, der Himmel aber scheint erbarmungslos, wie ihre Ankläger, Richter und Henker; wo ist Hilfe? — Herr, Ihr habt den Weg betreten, der hinausführt aus diesem Jammer — wollt Ihr ihn wieder verlassen?"

„Eure Rede trifft den Punkt nicht, auf den es hier ankommt, Meister Berthold," erwiederte der Herzog, freimüthig sich einlassend, jedoch mit Ernst

und Nachdruck. „Dem Aberglauben, der Schei=
terhaufen errichtet, sei der Weg in mein Gebiet,
wo nicht ganz versperrt, doch entschieden erschwert;
eben so entschieden aber auch dem Unglauben,
der die Grundlagen der Ordnung und des Friedens
zertrümmert. Darum leihe ich der herrschenden
Kirche meine Hilfe gegen die Neuerungen, wo sie,
aus dem Gebiete der Forschung habersüchtig in's
harmlose Leben des Volks dringend, Verwirrung
und Unglauben hervorrufen. Hier aber ist noch
mehr als Ketzerei, hier ist nicht Abfall von heiligen
Ueberlieferungen und Dogmen, hier ist Abfall von
den heiligsten Gesetzen der Natur. — Holt mir
die unnatürliche Mutter; ich will sie sehen von An=
gesicht zu Angesicht! Ich will hören aus ihrem eige=
nen Munde, was mir, so lange ich's nicht selbst
vernehme, unglaublich scheint."

Berthold, mit der Hand über die Stirn fah=
rend, besann sich einen Moment, dann, wie zu
einem Entschluß gekommen, geleitete er den Her=
zog mit einer Miene, als wolle er sofort seinen

Befehl vollziehen, vor den Hof unter die breit-
geästete Eiche.

„Beliebt es meinem gnädigsten Herrn, hier
einen Augenblick zu verharren,“ sagte er gefaßt und
entschlossen, trat sodann zurück in's Haus und erschien alsbald mit einem Schriftstück in der Hand,
jedoch ohne Frau Adelheid.

„Es ist dies die beglaubigte Abschrift eines Do-
cumentes,“ sagte er, „das von Franz von Sickingen ausgestellt, sich unter den Papieren befindet,
die Junker Dieter Faust Eurer fürstlichen Durchlaucht von Landstuhl gebracht hat, und enthält den
Nachweis über die Abkunft und frühern Lebensver-
hältnisse Eures von Sickingen Euch empfohlenen
unterthänigsten Dieners Berthold“ — wobei er
eine Verbeugung machte — „zugleich gibt es Aufklärung über das Räthselhafte in dem Benehmen
der Angeklagten.“

Der Herzog hatte sich auf die steinerne Bank
niedergelassen, entfaltete die Schrift und las. Bald
zitterte das Papier in seinen Händen; er sah Bert-

hold scharf an, der festen Blickes vor ihm stand.
Dann las er weiter, stampfte mit dem Fuß und
schlug mit der Faust auf's Knie, die heftigste innere
Bewegung verrathend. Darauf erhob er sich und
ging längere Zeit schweigend auf und nieder. Endlich trat er vor Berthold, reichte ihm die Hand und
sprach: „Der Wunsch, den der edle Todte am
Schluß dieser Schrift ausspricht, sei ihm gewährt!
Betrachten will ich Euch als ein Vermächtniß von
ihm, Euch und die Eurigen, und Euch schirmen und
bewahren, so weit es in meiner Macht steht, vor
jedem Angriff. Aber wer Ihr seid und wer
Ihr wart, sowie die Lüge Eures Todes, das soll
die Welt erfahren, daß sie sich schämt ihrer Leicht-
gläubigkeit und Verblendung! — Sprecht, habt
Ihr nicht selbst den heißen Wunsch, die Hülle ab-
zulegen, der Forderung der Wahrheit nachzugeben,
daß der Höllenheilige des Nimbus entkleidet sei,
daß der dämonische Zauberer hervortritt als der
Mensch, der er ist?"

„O Herr," antwortete Berthold, mit dem Aus-

druck tiefster Bewegung, „die Welt läßt sich den
Dr. Faust nicht rauben! Die Macht, die ihn erzeugt und groß gezogen hat und für ihn schwärmt
und streitet, ist größer als die Eurige! Drum laßt
ihn ihr; noch kann und will sie ihn nicht missen;
sie hält ihn fest als Spielwerk ihrer Laune, als
Stütze ihres Glaubens, als mächtiges, vieldeutiges
Symbol unheimlicher Gewalten! — Mir aber gönnt
den Frieden und die Ruhe der Verborgenheit, gönnt
die ungestörte Arbeit, auf dem Felde, wo allein Ge-
winn zu hoffen, wo ich an meine Gläubiger, auch
ohne daß sie es wissen, die Schuld, so viel an mir
ist, abtragen kann! — Darum, wie Ihr jenes Document, dessen Abschrift Ihr hier gelesen, bis jetzt
in Eurem Schrein verschlossen hieltet, so haltet
seinen Inhalt verschlossen in Eurem Herzen!"

„Seltsamer Mensch!" sagte der Herzog; „es
will mich fast bedünken, als hättet Ihr bei der Ent-
stehung des Gerüchtes von Eurem bösen Tod die
Hand selbst mit im Spiel gehabt?"

„Ich leugne es nicht," antwortete Berthold.

„Genug! — der Schutz, den ich Euch und den Eurigen zugesagt, macht die Bewahrung Eures Geheimnisses nothwendig. Das reicht für mich hin. Was sich sonst dafür sagen läßt — ich verstehe es nicht. Jetzt aber denkt darüber nach, wie dieser Ort wieder 'zu reinigen ist; denn versteht Ihr den Teufel zu citiren, so müßt Ihr ihn auch zu vertreiben verstehen!" Das Letztere sagte er in einem Tone scherzhaft fingirten Unwillens, welcher durchblicken ließ, daß er darüber, was zu thun, im Reinen sei. „Noch einige Punkte der Anklage," fuhr er dann fort, „sind nicht aufgeklärt. Woher das Feuer in der Gebhardscapelle an dem Tage, als Euch der Teufel holte?"

Berthold erzählte den ganzen Vorfall mit Gorbian und fügte am Schluß, als der Herzog lächelnd mit dem Finger drohte, hinzu: „Verzeiht es, gnädigster Herr, einem alten, in Ruhestand versetzten Jäger, der sein Leben lang auf Füchse sich eingeübt, daß er, wo eins der keckten dieses Raubzeugs ihm in's Gehäge schlich, unwillkürlich einmal wieder zur Waffe griff."

Während dieser Unterredung war auf vorher=
gegangenen Befehl des Herzogs durch den Amt=
mann Kratz und den Gerichtschreiber über die allen
Verdacht der Zauberei niederschlagenden Resultate der
Untersuchung an der Baustelle und in der Mühle
ein ausführliches Protocoll aufgenommen worden,
welches noch an demselben Tage dem Schultheiß
und den Schöffen von Erbach mit dem herzoglichen Erlaß übersandt wurde, an dem angesetzten
Dingtage die Anklage auf Grund des Protocolls
als nichtig zurückzuweisen und die Gründe für die
Nichtigkeit zu veröffentlichen.

Schwieriger war es, in Betreff des Punktes
der Ketzerei dem Gesetz und der Rücksicht auf die
Volksstimmung Genüge zu leisten, ohne den Schleier
des Geheimnisses zu lüften, das den Schlüssel zum
Benehmen der Angeklagten enthielt. Doch auch hier
fand der Herzog einen Ausweg: er kam mit Bert=
hold überein, in den nächsten Tagen seinen zuver=
lässigen Schloßcaplan hierher zu senden; dieser solle
alsdann, nachdem er als Diener der Kirche Frau

Abelheid vernommen und geprüft, ein Zeugniß ihrer Unschuld vor dem Gericht niederlegen, welches in Verbindung mit dem frühern Zeugniß des Dominicaners Bruno hinreichen würde, die von den Germersheimer Vicarien ausgegangene Anklage zu entkräften und den Verdacht des Uebertritts zur neuen Lehre von der Beschuldigten völlig abzuwälzen.

Jetzt gab der Herzog den Befehl zum Aufbruch und die Rosse wurden vorgeführt.

„Haltet Ihr's für nöthig," fragte er, „so lasse ich Euch für die nächsten Tage etliche Reisige hier, das Volk in Respect zu halten."

„Die dort," antwortete Berthold lächelnd, indem er auf seine Arbeiter an der Baustelle hindeutete, „sind meine Reisige und Schildknappen; Eure Gnaden dürfen uns ihrem Schutz überlassen!"

Der Herr schwang sich in den Sattel und verschwand alsbald mit seinem Gefolge in den Windungen des Thales. Berthold begab sich zur Mutter, am meisten darüber erfreut, daß sie von Allem unberührt blieb und der Sturm, von ihr unbemerkt, über sie hinging, wie ein Gewitter über den Schlafenden.

X.

Es war wieder die Zeit der Heuernte, und
grade ein Jahr verflossen seit Berthold's Ankunft
in seiner Heimath. Die Hauptarbeit auf den Wiesen war gethan, nur hier und da noch harrte, in
einzelne Haufen geschichtet, der Ertrag der Heim-
fahrt; auf den abgemähten hellgrünen Flächen weideten Schafe und Rinder in idyllischen Gruppen
und über das ganze Thal, so weit der Blick seine
anmuthigen, waldumgrenzten Windungen verfolgte,
war heitere Ruhe gebreitet. Nur wo man dem
Bereich der Mühle näher kam, machte sich ein anderer Eindruck geltend; da regte und rührte es sich
in lautem, thätigem Leben; große und kleine Wagen

rollten her und hin, Wasser rauschten und weithin hal=
lendes Pochen und Hämmern mischte sich mit den
seltsamen Tönen knarrender Maschinen. Berthold's
Hüttenanlage war mit einer für jene Zeit unerhör=
ten Schnelligkeit in einzelnen Theilen bereits so
weit gediehen, daß der Betrieb seinen ordentlichen
Anfang genommen hatte und für die umwohnenden
armen Leute ein bisher ihnen unbekanntes Feld der
Thätigkeit und des Gewinnstes eröffnete. Die
Zweckmäßigkeit des neuen Verfahrens war zu ein=
leuchtend, der für die ganze Gegend aus dem Unter=
nehmen entspringende Vortheil zu offenbar, als
daß ein verhärteter Fanatiker es jetzt noch gewagt
hätte, der Sache durch Witterung von Teufelsspuk
und Zauberkünsten hinderlich in den Weg zu treten;
kurz, der Vortheil überwand das Vorurtheil.
Auch die gegen Frau Adelheid und ihre Haus=
genossen erhobene Anklage war durch das Ein=
schreiten des Herzogs, der seit seiner letzten An=
wesenheit den Neubau mit großem Interesse mehrere
Mal persönlich in Augenschein genommen hatte,

für nichtig erklärt worden und die bösen Gerüchte fingen an, gänzlich zu verschwinden.

Der Tag neigte sich; Agnes und Frau Adelheid saßen, wie gewöhnlich zur Abendstunde, vor dem Hof unter der Eiche.

„Denkt Ihr auch daran," sagte Berthold, zu ihnen tretend, nachdem auch er mit dem größern Theil seiner Arbeiter Feierabend gemacht hatte, daß heute der Jahrestag meiner Heimkehr ist? Das Wetter war grade wie heute, des Morgens, als ich in's Thal hineintrat, wunderschön, dann aber, fügte er lächelnd und mit einem Seitenblick auf Frau Adelheid hinzu, „wurde es schwül und es folgten gewaltige Stürme."

„Erinnere mich nicht an jene schreckliche Zeit, Georg!" gab Frau Adelheid zur Antwort; „wie gern möchte ich sie vergessen, wenn es nur möglich wäre!"

„Vergessen möchte ich nichts von Allem, was ich je erlebt habe; die Erinnerungen sind ja der Ertrag unseres Lebens; die der Freude dienen uns als Schmuck, die des Leibs als Waffe. Wer sollte, besitzt er einen guten Vorrath, ihn nicht in Ehren halten, liebe Mutter?"

Frau Abelheid versagte durch ein entschiedenes Kopfschütteln dieser Behauptung ihre Zustimmung, Agnes sah schweigend zu Boden.

"Ja, es kann auch eine Erinnerung schmerzlich sein und uns peinigen," fuhr Berthold fort; "aber dann hängt sie noch am grünen Halm und ist nicht aufgespeichert in die Vorrathskammer. — Mit Schmerz gedenke ich Bruno's, des treuen Freundes!"

"Hast Du Nachrichten?" fragte Frau Abelheid gespannt.

— "Ja, die habe ich, seit gestern. Sie kamen mir nicht unerwartet und doch treffen sie mich wie ein Hieb durch Helm und Harnisch. Warum soll ich es Euch länger verschweigen?"

"Ist er todt?

"Wäre er's! — Doch ja, er ist todt, begraben! — Der Herzog, auf zuverlässigem Wege benachrichtigt, setzte mich in Kenntniß: bis nach Mailand kam er wohlbehalten und nichts Schlimmes ahnend. Hier zog sich das Netz, das längst schon über ihn gespannt war, plötzlich zusammen; ergriffen von der Inquisition, der Ketzerei und der Verletzung seines Ordensgelübdes angeklagt und schuldig befunden, wurde er nach Rom gebracht. Dort liegt er jetzt, entzogen dem Lichte, entzogen der Menschheit, in unterirdischem Kerker."

„Hat er denn so Böses begangen?" fragte Agnes, wie erwachend aus ihren Träumen.

„Frage mich nicht, Agnes! Er that wie Einer, der, seine Kräfte überschätzend, einen vom Berg rollenden Felsen aufhalten will, damit er unten die Hütten nicht zerschmettere."

„Aber seine Lage ist doch nicht hoffnungslos?" entgegnete Frau Adelheid. „Wird nicht die Hand der Gerechtigkeit und Milde die Pforten seines Kerkers wieder öffnen?"

„Gewiß! den Trost hat auch er, der unser Aller Trost ist!" antwortete Berthold; „die Hand der ewigen Gerechtigkeit und Milde wird ihm den

Kerker öffnen! Der Tod wird ihn erlösen; möge es bald geschehen!"

Berthold hatte sich auf die Bank niedergelassen; sie saßen lange schweigend. Sonst war es Agnes, die durch kindliche, heitere Gesprächigkeit den Faden der Unterhaltung weiterzuspinnen wußte; im Verlauf der letzten Monate war das anders geworden. Sie hatte sich zwar seit jenem Tage, an welchem sie den Plan, in's Kloster zu gehen, fallen ließ, einer lebhaften Thätigkeit wieder hingegeben, auch körperlich schien sie sich wieder zu erholen und die frühere Röthe kehrte zurück auf ihre Wangen, aber eine Veränderung war in ihrem ganzen Wesen vorgegangen, als wäre sie plötzlich um mehrere Jahre älter geworden.

„Irrthümer," sagte sie, das Gespräch endlich wieder aufnehmend, „werden oft mit schweren Bußen bezahlt; der Eine zahlt mit seinem Leben, der Andere mit seiner Freiheit und seinem Frieden." Dann erhob sie sich und fiel ihrer mütterlichen Freundin weinend mit den Worten um den Hals: „Ich wollte mir meinen verlorenen Frieden wieder zu gewinnen suchen! Ich wollte auch nicht murren über mein Loos," fuhr sie dann fort; "denn wo könnte ich's besser haben, als hier? Und doch — —"

"O wenn Du erst wüßtest, Agnes," sagte Berthold, ihre Hand ergreifend, "wie es jenseits dieser Berge jetzt aussieht, Du würdest noch tiefer den Frieden dieses Thals empfinden! Aber wie der Kranke die Gesundheit, der Gefangene die Freiheit, so lernt erst der Flüchtling seine Heimath schätzen. — O liebe Mutter," wandte er sich an diese, "da draußen ist jetzt viel Noth und Jammer; da wüthet entsetzlich die Furie des Krieges, zertritt die Saaten, verbrennt die Hütten, zertrümmert die Paläste; am Rhein oben verwandelt der Bauer Sense und Pflugschar in Lanze und Schwert; hier drüben schalten die Fürsten mit rasendem Ingrimm. Auch Dieter, unser Vetter, hat sich verrechnet; die Hoffnung auf den Schutz, den ihm seine neue Verbindung gewähren sollte, ist fehlgeschlagen; die mächtigen Sieger kennen keine Schonung; seine

Güter sind ihm weggenommen, seine Burgen werden geschleift."

„Das muß ich noch erleben?" rief Frau Adelheid erschüttert.

„Findet Euch, Mutter, in's Unabwendbare! Mit Franz von Sickingen sank das Banner der Ritter; ihre Thürme stürzen zusammen, ihre Zeit ist um. Die Fauste von Stromberg theilen nur das Loos ihrer Genossen. Verschmerzt den Verlust, er enthält die Keime einer bessern Zukunft! Fort mit den wüsten Bildern des Krieges und der Verheerung! Hier in unserm Thale laßt uns jene Friedenskeime pflegen unter dem Schirm eines Fürsten, der Fürst in Wahrheit ist, und unter dem Segen eines gütigen Himmels!"

Als Berthold schwieg — es war schon spät geworden und dunkel, denn dichte Wolken hatten einen Theil des Himmels umzogen und den hellen Mond verdeckt — da vernahm man aus dem Gebüsch in kleiner Entfernung die Klänge einer Zither, alsbald erscholl ein Gesang dazu von kräftiger männ-

licher Stimme, die das Rauschen des Baches und
das Klappern der Mühle melodisch übertönte.

„Was ist das?" rief Berthold, in die Höhe
fahrend; ist Einer von den Todten auferstanden?"

Doch die Töne verhallten, es ward wieder stille.

„Seltsame Täuschung!" sagte er dann, über
sich selbst lachend, und setzte sich wieder. „Aber kam
nicht auch Euch die Stimme bekannt vor?"

„Wohl, wohl!" flüsterte Agnes; „ich zittere am
ganzen Leibe; — horch!"

Es rauschte in den Zweigen und ganz in der
Nähe erklang es jetzt in vollen Tönen und mit
deutlich vernehmbaren Worten.

Raschen Schrittes trat Berthold auf die Stelle
zu, woher es kam.

„Eisenmenger, Du bist es!" rief er.

„Ich bin's, Sabellicus!" erwiederte es aus den
Zweigen, und Eisenmenger stürzte in Berthold's Arme.

„Der Himmel sei uns gnädig!" erscholl's von
den bebenden Lippen der Frauen, die vor Schrecken
von ihren Sitzen emporfuhren.

Berthold und Eisenmenger, in der Dunkelheit kaum zu unterscheiden, traten Arm in Arm heran.

„Fürchtet Euch nicht," sagte Berthold, „er ist's, er selbst mit Fleisch und Blut und kein Gespenst; ich fühle seine Hand in der meinigen und ihren Druck kräftig wie einst!"

„Nein, nein, bei Gott, fürchtet Euch nicht!" rief Eisenmenger dazwischen. „Ein harmloser Sing= vogel, den Eulenkrallen entwischt, komme ich schüch= tern hierher in Euren Schutz geflattert. Grüß Euch Gott, Frau Adelheid! Gruß Dir, Agnes! Gönnt mir Armen ein Plätzchen hier neben Euch auf der Bank unter der schützenden Eiche!"

„Nein, nein, in's Haus!" rief Berthold; „Licht herbei! Ich muß Dich schauen Auge in Auge! Nach Gehör und Gefühl bist Du's, aber auch der Sinn des Gesichts will seine Zustimmung geben."

Mit diesen Worten drängte er, alles weitere Reden unterbrechend, nach dem Hof und dem Wohnhaus in die erhellte Stube.

Hier setzte Eisenmenger fast in gleichem Grade,

wie durch sein Erscheinen an sich, auch durch sein Aeußeres und seinen ganzen Aufzug in Staunen. Einen runden, zugespitzten Hut mit einer Feder hatte er auf dem Kopfe; sein sonst stark behaartes Antlitz war glatt rasirt bis auf einen phantastisch zugestutzten Schnurr- und Knebelbart; ein kurzer runder Mantel hing über seinen Schultern und bedeckte halb die Zither, die er unter dem Arm hielt, kurz der ehemals Sickingen'sche Rottenführer stellte sich dar als fahrender Sänger.

Sie setzten sich um den Tisch und er erzählte: „Ich konnte mir wohl denken, daß ich in der Welt für todt ausgegeben wurde, denn sie hieben mich zusammen wie einen Krautkopf und warfen mich in den nächsten Graben wie einen crepirten Hund. Bewußtlos blieb ich dort liegen; wie lange, weiß ich nicht. In einem düstern Gemach, auf einem Bündel Stroh erwachte ich wieder; ein Feldscherer war daran, meine Wunden zu verbinden. Man hatte mich in dem Graben gefunden und ohne zu wissen, daß ich jener Frevler war, von dem man

später viel Wesens machte als von Einem, der als
Sündenbock für Sickingen's ganzes Heer mit dem
Tode gebüßt hatte, mich in die Stadt gebracht. Ich
muß ein zähes Leben haben, denn troß der elenden
Pflege genas ich, wenn auch nach langer Pein und
Plage. Darauf wurde ich mit einigen andern Gefangenen als Strauchdieb in den Thurm der Co-
renßport abgeführt, um hier in einem dumpfen
Loche das Weitere abzuwarten. Doch als wiederum
einige Monate vergangen waren und die Wuth
über Sickingen sich nach und nach gelegt hatte, fing
man an, mich nicht mehr so strenge zu bewachen, und
ich fand Gelegenheit zu entwischen nach dreiviertel-
jähriger Haft, die mir aber ungelogen dreihundert-
mal so lang vorkam. Als ich das Kurtrier'sche
im Rücken hatte, gewann ich durch einige Kra-
kauische Kunststücke — Du kennst sie ja, Sabellicus, oder vielmehr Berthold, wie Du nach
unserer letzten Verabredung genannt werden sollst
— bald so viel, als nöthig war, um mich so
auszurüsten, wie Ihr mich hier vor Euch sitzen

seht. — Doch jetzt ist an Euch die Reihe zu er=
zählen."

Es war unterdessen ein Abendimbiß aufgetragen
worden und Bacharacher perlte im Humpen.

„Hunger habe ich und an Durst fehlt mir's
auch nicht," versicherte munter zulangend der Gast;
„heiß ward mir's heute über die Maßen, bis ich
mich da drüben im Gebüsch verstecken konnte."

„So laßt's Euch jetzt gut sein!" sagte Frau
Adelheid; „wer hätte geglaubt, daß wir Euch noch
einmal bewirtheten!"

„Hundertmal malte ich mir diese Stunde aus,"
antwortete Eisenmenger; „oft verzweifelte ich, daß
sie je kommen würde. Als ich endlich in's Thal
hereintrat, hätte ich vor Freude tanzen mögen, so
müde ich war. — Aber, Berthold, was ist das für
ein Pochen und Knarren, wenn man sich Eurem
Bereiche nähert? Man glaubt ja, statt auf dem
Hunsrücken, im Harz oder Erzgebirge zu sein. Also
so weit sind Deine Projecte schon gediehen? Haben

Dir die Gnomen geholfen? Nimm Dich in Acht!"
drohte er, den Finger erhebend.

„Morgen sollst Du Alles sehen und Dein Gut=
achten darüber abgeben. Hier würde Siderokrates
seine Freude haben, dachte ich oft, hätte er nicht
vor der Zeit in's Gras gebissen."

„Wie kam denn die Nachricht von meinem Hel=
dentod hierher?"

„Der Mann, der sie uns brachte, kehrt nicht
wieder, wie Du; der schläft einen festern Schlaf,"
erwiederte Berthold mit Wehmuth und erzählte die
Geschichte der Familie Scharpfe. Das Gespräch
nahm eine ernste Wendung. Auf Sickingen kamen
sie, auf Bruno, auf Hutten, der seit Sickingen's
letzter Schilderhebung wie verschollen war, auf den
Aufstand im Süden, auf die Fort= und Rückschritte
der neuen Lehre im Norden.

„O curas hominum!" rief Eisenmenger endlich
in einer Art Unwillen aus, indem er den geleerten
Humpen auf den Tisch stieß; „o ihr Wolkenstürmer,
ihr Weltverbesserer, was richtet ihr aus? Mor=

gen haben wir die Reichseinheit, übermorgen die Glaubensfreiheit und überübermorgen die alte Zwietracht, Dumpfheit und Stumpfheit; heisa, heisa, hopsasa! Da lobe ich mir den herzoglich Simmern'schen Förster und Bergprobirer Berthold, der zerklopft Steine und läßt Roggen säen, das gibt gute Ofenplatten und Sonntagsbrot, stärkt Herz und Verstand auf gleiche Weise; da lobe ich mir den reichsunmittelbaren Minstrel Eisenmenger, der zieht durch die Welt und singt vor Groß und Klein, daß die Motten sich verkriechen und die Gespenster davonlaufen! — Aber nun sagt, wie geht es unserm lanzenschwingenden Junker, dem Dieter?"

Agnes, obgleich schon lange auf diese Frage gefaßt, zuckte und sah zu Boden. Frau Adelheid suchte verstohlen dem Fragenden einen Wink zu geben. Berthold aber antwortete absichtlich grade heraus und ohne Umschweif: „Junker Dieter hält sich versteckt auf der Veste Schmidtburg im Nahegau bei seinem Schwiegervater."

„Ei, ei! Da ist es denn doch so gekommen, wie ich mir dachte," sagte Eisenmenger nach einer Pause. „Tröste Dich, liebes Kind," wandte er sich dann zu Agnes; „tröste Dich, Du bist besser weggekommen als wir Andern alle, die wir zu hoch hinaus wollten. Siehe einmal, der Eine — um mit meiner unwürdigen Person anzufangen — ist fast in Fetzen gehauen worden, so daß er nur mit Mühe wieder zusammengeflickt werden konnte; der Andere hat Hab und Gut verloren und muß von der Kunkel leben — ich meine den Herrn Dieter; — der Dritte, Meister Ulricus, ist landesflüchtig und sieht, wer weiß wo, einem frühen Ende entgegen; der Vierte — o, mein Franciscus! — hat es bereits gefunden auf unaussprechlich bittere Weise; der Fünfte liegt in Kerkernacht lebendig begraben! Du aber, liebes Kind, sitzest in der Mühle im schönen Thale des Guldenbachs bei Deiner Base und Herrn Berthold, rührst feines Mehl zum Kuchen an, ziehst fröhliche Kinder auf und bewirthest des Abends, während draußen Stürme rasen, unter Deinem Dach einen fahrenden Sänger, der Dir dankt mit einem Liede."

Bei diesen Worten ergriff er die Zither, ließ kräftig die Saiten erklingen und sang, gegen Agnes gerichtet:

„Der Eine wünscht die Kaiserkron',
Der Andre dünkt sich König schon,
Der Dritte jagt nach Beda's Ehren,
Der Vierte will die Welt bekehren.
　　Bescheide Dich, mein Kind,
　　Da draußen weht der Wind! hu, hu,
　　Mach's Fenster zu, mach's Fenster zu,
　　Da draußen weht der Wind!

Ich hatt' einmal im Traum geseh'n
Am Felsen hoch ein Blümlein steh'n;
O, wenn ich doch das Blümlein hätte!
Ich sprang und — fiel aus meinem Bette.
　　Bescheide Dich, mein Kind, u. s. w.

Noch sitzt im Kern der alte Wurm,
Noch baut die Welt an Babels Thurm;
Der Narren Chor bestaunt das Wunder,
Zusammenstürzt der ganze Plunder.
　　Bescheide Dich, mein Kind, u. s. w.

Was ist das für ein Mordgeschrei!
Da jagt das wilde Heer vorbei,
Vorbei in Hitz', vorbei im Staube,
Im Schatten preis' ich eine Traube.
    Bescheide Dich, mein Kind, u. s. w.

Im Kämmerlein, drei Schritte breit,
Ist Platz genug zur Fröhlichkeit,
Doch reicht der Raum der ganzen Erde
Nicht aus für Mißmuth und Beschwerde.
    Bescheide Dich, mein Kind, u. s. w.

Koch' heute Deinen Haferbrei,
Ruf einen Armen auch herbei,
Für morgen laß und übermorgen
Den lieben Gott im Himmel sorgen!
    Bescheide Dich, mein Kind,
    Da draußen weht der Wind! hu, hu,
    Mach's Fenster zu, mach's Fenster zu,
    Da draußen weht der Wind!"

Furchtbar sauste der Sturm durch's Thal, grade als er endete, und der Regen schlug prasselnd an das Fenster, so daß das Gefühl, unter Obdach zu sein, ein recht behagliches war.

„Bravo, alter Cumpan;" rief Berthold; „Du

scheinst Dir das Wetter bestellt zu haben, um den Eindruck Deines Liedes zu verstärken. Möchtest Du jetzt wohl hinaus, Agnes?"

Agnes hatte dem Sänger mit einer Miene zugehört, als hätte sie sagen wollen: „Ich weiß, o ich weiß, was sich da vorbringen läßt, und bin auch damit einverstanden, aber nicht Alles, was der Kopf versteht, ist sofort auch dem Herzen verständlich." Auf Berthold's Frage gab sie aufgeregt und in entschiedenem Tone zur Antwort: „Jetzt hinaus? Ja, ich möchte hinaus! O, ich möchte mit dem Sturm dahinfahren, in den Bäumen rütteln und wider die Dächer der Menschen schlagen! Ich möchte ihm helfen, daß Alles zum Wanken, Alles zum Beben gebracht werde! — Doch es ist die höchste Zeit," wandte sie sich gegen Frau Adelheid, „daß ich gehe und nach den Kindern sehe, die gewiß durch das Wetter wach geworden sind und sich fürchten, weil sie allein sind. Geht mit, Base; auch für Euch ist es Zeit; es bekommt Euch ja immer nicht gut, wenn Ihr zu lange aufbleibt.

Oben ist Alles in der Ordnung und hier — indem sie auf den Tisch deutete — steht ein frisch gefüllter Krug."

„Du hast Recht, Kind," antwortete Frau Adelheid, sich erhebend. „Aber höre, Georg, daß Ihr mir zusammen keine Kunststücke macht, wenn wir fort sind! Du weißt, ich kann sie einmal nicht leiden."

„Hat keine Noth!" sagte Agnes, indem sie auf ihre linke Seite klopfte; „hier habe ich den Schlüssel von der großen Kiste; ohne diese können sie ja nichts." Damit nahm sie den Arm der Base unter den ihrigen und Beide verließen das Zimmer mit einem freundlichen „Gute Nacht!"

„Der Kleinen fängt's auch an im Herzen verständlich zu werden," sagte Eisenmenger, nach seiner Art mit dem einen Auge zwinkernd; „bei Frau Adelheid folgte der Kopf dem Herzen; hier machte es den umgekehrten Gang, hier folgt das Herz dem Kopfe. Nun, sie sind Beide curirt, probatum est! Jetzt noch einen Schlaftrunk, dann alles Weitere bis auf morgen!"

Des andern Tages — die Sonne stand schon hoch und nur hier und da noch zeigten sich die Spuren des nächtlichen Regens — sehen wir die beiden Freunde thalaufwärts wandern auf dem Wege, der nach der Rheinböller Höhe in die große Landstraße hineinlenkt, die, wie wir schon früher bemerkt, von da hinunter nach Bacharach in's Rheinthal führt. Schon hatten sie Dichtelbach im Rücken, bogen, das ehemals Scharpfe'sche Gehöfte zur Seite lassend, rechts die Höhe hinan und waren im Begriff, das schattige Waldgebüsch zu betreten, als Eisenmenger, sich umschauend, dem Begleiter die Hand auf die Schulter legte und stehen blieb.

„Hier laß uns einen Augenblick Halt machen; ich möchte noch einmal einen Blick über die Gegend und in Dein Thal werfen, Berthold, das ich doch wahrscheinlich im Leben nicht wiedersehe. Begleiten sollst Du mich dann noch durch den Wald bis auf die Höhe, aber weiter nicht."

Eisenmenger hatte sich nämlich trotz allen Bittens und Zuredens nicht bewegen lassen, auch nur noch einen Tag länger auf der Mühle zu bleiben. Schon in der Frühe von Berthold in allen Theilen seiner neuen Anlage herumgeführt, und ernstlich von ihm aufgefordert, als sein Gehilfe ihm zur Seite stehend hier seine Tage zu beschließen, hatte er ihm lachend geantwortet: „Du siehst ja doch, daß mein Gewerbe ein anderes ist, als das Deinige! Spielmann bin ich, fahrender Sänger, Gaukler auch, wenn es noth thut; unstät, flüchtig und frei, wie der Vogel in der Luft, will ich durch die Welt ziehen, je weiter, je besser; kein Besitz soll mich fesseln, keine Haub mich halten, kein Ort mir Ruhe gewähren, als der, wo ich für immer meine Wanderung beschließe!" Alle Einwendungen Berthold's scheiterten an seinem starren Willen.

„Also dort drüben der lange, düstere Gebirgsrücken," sagte er jetzt, in die Ferne deutend, „das ist der Canterich, wo Du des Teufels Bekanntschaft zuerst machtest und ihm Deine Seele verschriebst? Unsterblicher Berg! — — Fauste, Fauste, ich sage Dir, so lange der Aberglaube unter den

Menschen eine Pflege findet, wird auch sein Name genannt werden! Schon singen sie von Dir auf den Straßen, schon lassen sie in den Herbergen durch Puppen Deine schauerliche Abfahrt männiglich zur Kurzweil und Erbauung darstellen, und wenn heute Dr. Klinge seine Schrift über Dich widerriefe, wenn Dein Herzog mit Beifügung seines fürstlichen Insiegels urkundlich feststellte, Du lebtest noch und wohntest hier als sein gehorsamer Unterthan — ja, wenn Du selbst Dich aufmachtest, hinzutreten vor die Welt und mit Posaunenstimme erklärtest: Seht, Ihr Thoren, Ihr Ochsen und Schafsköpfe, seht, hier bin ich, hier mitten unter Euch, ich, der zur Hölle soll gefahren sein — es wäre vergebens! — Doch jetzt laß uns weiter!"

Sie schritten langsam bergan durch die kühlen Schatten des Gehölzes. Berthold war still und in Gedanken verloren.

„Je trostloser das Sein, desto mächtiger der Drang nach dem Schein!" sagte er nach langer Pause; „aber nur langsam geht es zum Bessern.

Ließen die Bekenner der Religion der Liebe auch
von der Liebe sich leiten, hätte Jeder das rein
Menschliche, die Vereblung der menschlichen Natur,
die nächsten praktischen Zwecke der Gesellschaft im
Auge, suchte er sich selbst zum guten und brauch=
baren Mitglied derselben und durch sein Beispiel
auch Andere dazu zu bilden, die wirkliche Welt
würde der idealen näher gebracht, ohne die Gefahr,
auf jähen, schwindelerregenden Pfaden in Nacht
und Nebel zu versinken. Ja, Freund, die Ideale
sind es, jene ewigen Winke von oben, die uns
drängen und treiben, uns allein Befriedigung ver=
heißen; aber der Schritt nur führt den Menschen
weiter die Höhe hinan, zum Fluge sind ihm die
Mittel versagt, und wo er den festen Boden ver=
läßt, da faßt ihn der Schwindel, er taumelt
umher und stürzt in wunderliche, wüste Verwir=
rung.“

Da traten sie aus dem Gebüsch auf die Heer=
straße, an der Stelle angekommen, wo sie vor
einem Jahre sich getrennt hatten.

„Hier sind wir! Nun fort mit den Grillen!" sagte Eisenmenger, eine möglichst heitere Miene annehmend und den Freund zum Abschied innig umarmend.

Als er einige Schritte gegangen war, wandte er sich noch einmal lächelnd um mit dem Zuruf: „Lebe wohl, Sabellicus!"

„Lebe wohl, Siderokrates!" antwortete Berthold und verschwand im Gehölze.

So schied Eisenmenger von Berthold.

Auch wir scheiden hier von unserm Freunde.

Der Faden, der uns leitete beim Verfolgen seiner Spur, verliert sich von jetzt an in dem großen, dunkeln Gewebe vergangener Zeit. Der Tag seines Todes ist uns unbekannt, wie die Stätte seines Grabes. Als Faust-Sabellicus ist er in der Blüthe seiner Jahre und Sünden unter Wundern zur Hölle gefahren, dem Aberglauben, dem Volkshumor und der Dichterphantasie ein Vermächtniß hinterlassend, das Jahrhunderte überdauerte; als Faust-Berthold erreichte

er ein hohes Alter in nützlicher Thätigkeit, legte
den Keim zu Gewerbszweigen im Thale seiner
Heimath, die heute noch blühen, und starb nach ge-
wöhnlichem Menschenbrauch.